少年はスワンを目指す

Author: Yuuri Eda
榎田尤利

少年はスワンを目指す

榎田尤利

Contents

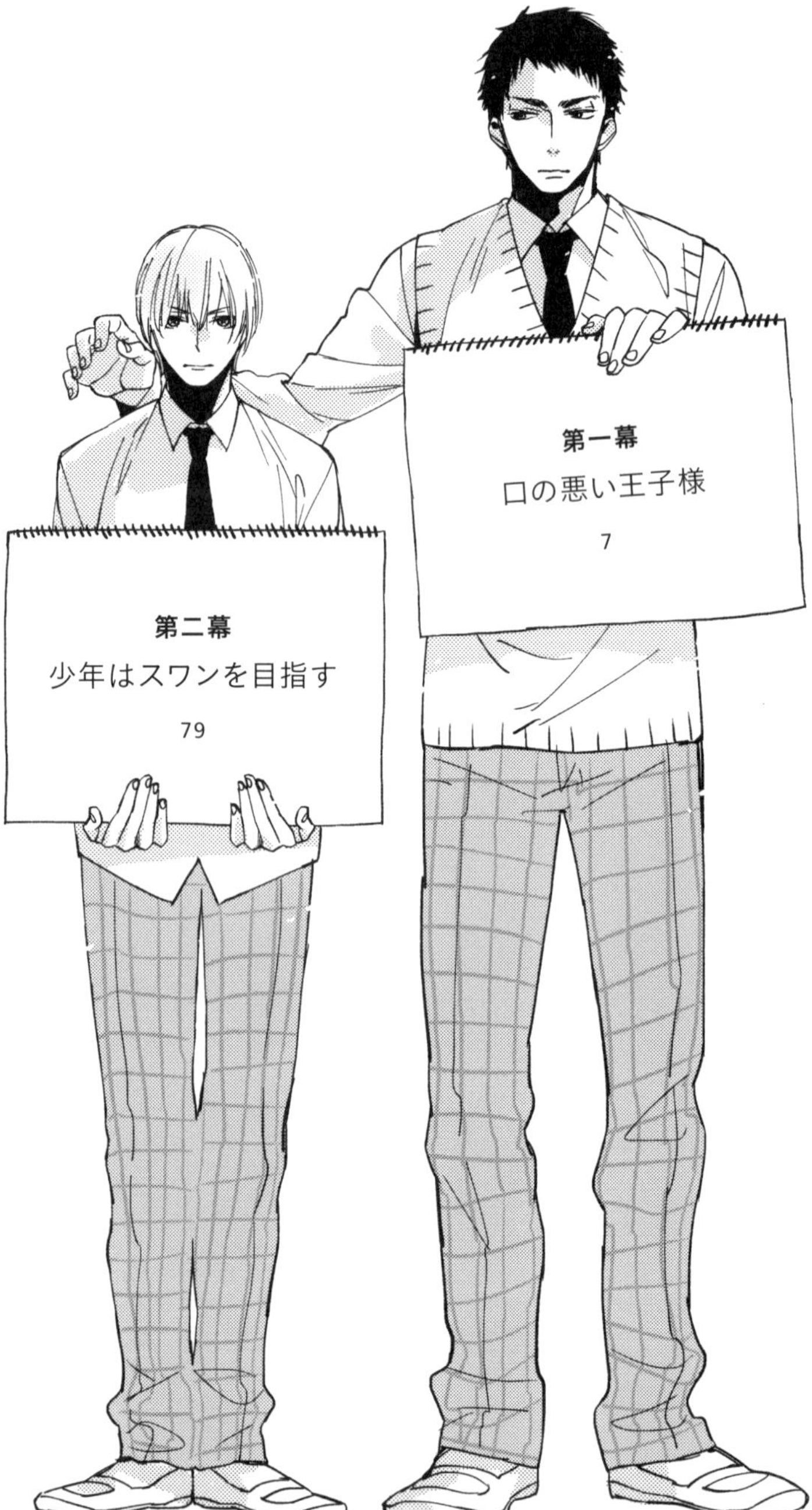
第一幕
口の悪い王子様
7
第二幕
少年はスワンを目指す
79

幕間
委員長の夏休み
168
第三幕
春を待つジゼル
175
Happy ending?
231
afterword
272

この物語はフィクションであり、実際の人物・
団体・事件等とは、一切関係ありません。

第一幕

口の悪い王子様

ハードボイルドな高校生だと言われた。

意味がいまいちわからなくて広辞苑《こうじえん》を引っ張り出した。持ち慣れてないもんだから手を滑らせてしまい、分厚い辞書が足の小指めがけて急落下してきた。

「うぷっ。それってすげー痛そうじゃん」

「痛いなんてもんじゃない」

思い出しただけでも、小指のズキズキ感が蘇《よみがえ》りそうだ。

「爪のつけ根に辞書の角がヒットしたんだ。俺はその場で踊りだしたぞ」

「踊り？」

「じっとしていられなかったんだよ」

痛くて。めちゃ、痛くて。こう、ジタバタと。

説明する俺を見ながら、タカアキは肩を揺らして笑う。マスクで顔が半分覆われているので表情はわかりにくいが、とても楽しそうだった。笑わせるつもりでした話ではないけれど、まあ、べつにそれでも構わない。

「なんでスマホでググらないんだか……。それにさ、おまえって痛かったときの話してても、やっぱ無表情なんだよな、ハラセン」

ハラセンというのは俺の通称だ。

本名は原宣広《はらのぶひろ》。

省略して音読みして、ハラセン。十七歳、なんでも省略したい年頃なのである。

「そうか？」

「そ。せっかく昨今貴重な硬派系イケメンなのにさー、どうにも愛想ないのよねー。不機嫌ってほどじゃないけど、淡々っていうか、クールっていうか」

喋《しゃべ》るタカアキのマスクに、桜の花びらがふわりと降りてくる。

「おまけにガタイがいいから、立ってるだけで無言の圧力あるし。印象としてはハードボイルドってことになるん……へくちッ！」

ペタリとついた花びらは、クシャミの衝撃で白いガーゼから離れ、またひらひらと漂い出す。美少女の髪の毛に戯《たわむ》れるならともかく、花粉症持ちのマスクじゃ風情もあったもんじゃない。

三月の終わり。体育館脇の小道は、ソメイヨシノが満開を迎えていた。桜の下を歩く俺とタカアキに、花吹雪はまとわりつく。

「辞書では冷徹、非情とあった。……俺はそんなふうに見えるのか」

「固ゆでタマゴっつー意味もあるぞ」

「そうなのか？」

「そう。中身までカチカチってことなんじゃねーの？　で、誰がおまえのことハードボイルドだなんて言ったのよ」

「校医の木村先生」

「はあ？　なんで？」

タカアキの本名は醍醐《だいご》孝明《こうめい》。

コウメイと読むが、タカアキと呼ばれる。本人がそう呼ばれるのを希望し、その呼び名はすっかり浸透している。担任までもがナチュラルに間違えるくらいだ。

タカアキは鈴鳴《すずなり》学院高等部、一年A組の委員長だった。そして二年の新学期でもきっと委員長だろう。三年でもやっぱり委員長のはずだ。なんというか、委員長DNAの二重螺旋《らせん》を持って生まれた男なのである。もちろん、委員長としての必須アイテム、メガネは装備している。花粉症患者としても必須アイテムらしい。

「終業式の日に、少しふらつくと思って薬をもらいに行ったら、熱が八度五分あったんだ。木村先生に、平気なの？　って聞かれて、平気と思えば平気です、って答えたら」

「それ、ハードボイルドっつーか、ただ鈍感なんじゃ……ぶえっくしょぃッ！」

今度のクシャミは、マスクが浮き上がるほどの勢いだった。タカアキは洟《はな》を啜《すす》りながら、黒縁のメガネ越し、春の空に「だあッ！」とケンカを売る。青く高く、気持ちのいい空だ。

「もう！　日本の四季に春はいらん！　初夏・夏・秋・冬でいい！」

などと無茶な発言をして、ずり落ちたメガネを直す。

花粉症と縁のない俺は、目の前で踊る花びらを安穏と眺める。春は嫌いじゃない。いや夏も秋も冬も嫌いではないのだが、特に春は適度に弛緩《しかん》できるいい季節だ。

花びらを目で追っていくと、俺たちの前方、一か所だけ開いていた体育館の出入り口に、スイッと吸い込まれていくのが見えた。

「……部活、か？」

「はあ？　春休みだぜ。我がスズ高にゃ、そんなにアツイ運動部はないだろ」

そう、春休みなのである。俺とタカアキはたまたま街中の本屋で会い、マックでシェイク飲んでから、近道である学校の中を横切って帰る途中なのだ。

空気の流れが、花びらを次々に体育館へと誘い込んでいる。

ひらり、ひらり。

薄いピンクが風に泳ぐ。むさ苦しい男子校らしからぬ、幻想的な眺めだった。

俺はなんとなく……本当になんとなく、通りすがりに体育館内に視線を向けた。

足が止まる。

最初に目に入ったのは、平均台だ。

この学校には体操部もないし、そもそも平均台というのは女子にしかない種目である。にも拘《かかわ》らず、スズ高ではこれが授業で使われている。昨今の高校生にあまりにもバランス感覚がないのを嘆いた体育教師が、去年から授業に導入したのだ。恐ろしいことに、この平均台の端から端まで、歩いて渡れない奴がいる。真っ直ぐただ歩くだけ、ができないのだ。中学時代は体操部だった俺に言わせると、落ちるほうが難しい。

「なに。誰かいんのか？」

鼻をグスグスさせながらタカアキが聞いたとき、俺の視線は、平均台の上の人物に縫い留められていた。

白鳥。

……みたいな、人間。

そう思って、見とれた。

どこから白鳥なんて発想が出てきたんだろう？　たぶん、彼が着ていた真っ白なシャツと、その裾が風をはらみ翼のように靡《なび》いていたこと、あとはバレリーナのように長い首のせいだ。

いや、男はバレリーナって言わないのか？　よくわからないが、とにかく頭が小さく、背中はしなやかで、頭からつま先までピン、と針金を通したように姿勢がよく…………つまり。

きれい、だったのだ。

「ハラセン？　なにぼんやりして……ふ、ぶえっく……」

「しっ」

「んがっ」

思わず、タカアキの口をマスクごと塞《ふさ》いでしまった。いま物音を立てたなら、白鳥が驚いて逃げてしまう。飛んでいってしまう。そんなわけないのに、そう思った。

逆光で顔はよく見えない。白鳥は俺たちに気がついていないようだ。

ズボンのポケットに両手を突っ込み顎《あご》を上向けて、誰もいない体育館の、高い天井を眺めている。ちょい長めの、サラサラしているに違いない髪が、春の風に遊んでいる。

そして、驚いたことに、彼の両足はつま先立っていた。

狭い平均台の上、両足のつま先がピタリと寄って、一本の軸が作られている。しかも踵《かかと》の位置が高い。こんな背伸びの状態で身体がぶれないなんて、たいしたバランス感覚だ。元体操部の俺が言うんだから間違いない。

その静謐《せいひつ》なシルエットに、俺の目は釘付けになる。

体育館の天井を透過《とうか》して、青空を恋しがっている白鳥……そんなふうにも見えた。笑わば笑え。ハードボイルドなんてのはみんなの勝手な誤解で、俺はむしろ詩人な高校生なのだ。

「ぷきしんッ！」

タカアキがヘンな音のクシャミをしたせいで、白鳥が俺たちに気づいてしまう。

こっちを見た彼は、ひらりと平均台から降りた。

翔《と》ばない。あたりまえか。

そして怯《ひる》む様子もなく、つかつかと真っ直ぐ歩み寄ってきた。べつに俺たちに用事があるわけではなく、単にこの出入り口に外履きのスニーカーを置いていたため、どうしてもこちらに来る必要があったわけだ。痩身《そうしん》をひょいと屈めて、まだ新しいヴァンズに足を突っ込みながら、彼は横目で俺たちを見た……と言うか、睨《にら》まれた。

「……チッ」

空耳か。

いや、違う。確かに聞こえた。

彼は俺たちを見て舌打ちしたのだ。しかも、あからさまに敵意のある視線つきだった。俺もタカアキも押し黙る。俺はガタイはいいものの武闘派ではないし、タカアキに至っては、「売られたケンカは転売する」と公言している。要はふたりとも肝《きも》が小さい。とても声などかけられなかった。

険悪オーラを纏《まと》ったままスニーカーを履き終えた彼は、足早に体育館から離れていく。

身長一八五センチの俺から見ると、実にか細く儚《はかな》げだった。背丈はたぶん一六五センチ程度で、手首なんか小枝かという細さだし、頭も恐ろしく小さい。俺は片手でバスケットボールが摑めるが、あれと同じ要領で彼の頭をむにっと摑んでそのまま持ち上げられそうな気もする。

などとおかしなことを想像しつつ、その後ろ姿を見送った。

隣でタカアキが呟《つぶや》く。

「誰だ、ありゃ。見ない顔だな」

俺は頷《うなず》く。初めて見た顔だ。

「少なくとも、中等部からの持ち上がりじゃないなァ。あんだけ目立つなら、俺が覚えてないわけない」

目が大きかった。

睫《まつげ》が長かった。

唇は不機嫌にひん曲がっていたけれど、桜色をしていた。髪は少し色素が薄くて、サラサラなのにツヤッとしてて、おでこと頬がすべすべで、えー、なんつーかこう……。

詩人撤回。俺には語彙《ごい》が足らない。

だが、とにかくその白鳥は、短く言えば、めちゃくちゃ可憐《かれん》で、可愛かったのだ。

「ハラセン、口開いてっぞ、おまえ」

「む」

指摘された俺が口を閉じた瞬間、彼が振り返る。

体育館の角を曲がる直前、俺たち三人はまともに視線を交わした。

……やっぱ、すげえ、可愛い…………。

俺がうっとりしかけた途端《とたん》、ポケットに手を突っ込んだままの彼は、白鳥どころか猛禽《もうきん》みたいな目つきでこっちを睨みつけ、

「ジロジロ見てんじゃねーよ！　I'll kick your ass!《ぶっとばすぞ！》」

花のような唇でそんなセリフを宣《のたま》い、タカアキが「お、発音いいな」と感心した。

白鳥の正体は、翌週の始業式にあっさり判明した。

櫛形直人《くしがたなおと》。

……名前はわりと普通だ。

綾小路櫻彦《あやのこうじさくらひこ》、なんて名前でも彼ならオッケーという気がしていたが、それではマンガになってしまう。だが一方で、彼のニックネームは非常にマンガ的なノリで即座に決まった。

その名も『王子』。

うちのノホホンとした担任が、

「えー、櫛形くんは一年間イギリスにバレエ留学をしていてですね」

などと口を滑らせたのが、きっかけだ。その話を彼が伏せておきたかったことは、表情を見ていればわかるというものである。みるみる眉間に皺《しわ》が寄って、声のないまま唇が動いた。たぶん(fuck)と言ったのだ。さすが留学経験者。しかし御年六十一歳・古文の清井《きよい》、通称キヨちゃんはまったく意に介さずであった。

「イギリスって、本場だよなバレエの」

昼休み、パックの牛乳を飲みながら、タカアキが言う。

「そうなのか？」

「英国ロイヤルとか。吉田《よしだ》都《みやこ》とか熊川《くまかわ》哲也《てつや》とか」

「誰だそれは」

「向こうで活躍した日本人ダンサーだよ。有名だぞ？」

「詳しいな、おまえ」

「三つ年上の従姉《いとこ》のリカちゃんがさ、高校までバレエやってたのよ。俺、ガキの頃リカちゃん大好きで、よく発表会に行ってたもん。おかげでチャイコの曲だけ詳しくなった。三大バレエも言える。『白鳥《はくちょう》の湖《みずうみ》』と『眠《ねむ》れる森《もり》の美女《びじょ》』と……あれ、あとなんだっけ？」

そんなこと聞かれても、俺にわかるはずがない。タカアキはズイッと牛乳を吸いきると、丁寧にパックを畳みつつ続けた。

「しかしなあ……海外留学までするような期待の星だったのに、今さら日本に戻って普通の高校生してるってのは、ま、きついわな」

「……だろうな」

「やっぱ世界の壁は厚いってやつかね。プロになれるバレリーナってのはほんの一握りだとは聞くけどさ。ん？　バレリーナっつうの？　男でも？」

やっぱそれ、疑問に思うよな。そもそも何語だ、バレリーナって。英語じゃないだろう。

「言わないような気がする」

「プリマとかも、女だけに言うんだろ？」

「プリマ？　ハムか？」

「違うっつーの。もういいよ。おまえに聞いた俺がバカだった。……それにしても、王子のあのバリアはなんとかならんのかねぇ」

「バリア？」

繰り返した俺に、タカアキは赤くなった鼻の下を擦りながら解説する。

「張ってるでしょ、プリンスバリア。壁、作りまくりじゃん。何人《なんぴと》たりとも、俺に近寄るんじゃねえ、みたいな。もう一週間だけど、誰かと喋っているところ見たか？」

「いや」

白鳥……じゃなくて王子、もとい櫛形は、いつもひとりでいる。

話しかけた奴がいないわけではないが、好ましい対応ではなかったのだろう。俺から見ても、常にピリピリした雰囲気をまとわりつかせていた。

「うちのガッコは基本的に平和なノホホン路線で、転校生いじめするほどアグレッシブなのは少ないけど、あんな調子じゃ王子はすぐに孤立しちまうだろうな」

「ああ」

「見た目だけでも異質だもんなあ。ツラがいいだけに、目立つし」

「だな」

「おまえの返事はいっつも短けーなァ」

タカアキが笑い、そのあと箱のまま持っているティッシュでビーと洟《はな》をかむ。机の上の牛乳パックは見事なまでに畳まれていた。

高校からの編入だった俺と、タカアキが知り合って一年が経《た》つ。

タカアキは中等部からの持ち上がりだから、ほかにも友人は多いのに、なぜかいつも俺と連《つる》んでいる。俺もタカアキといるのは楽しい。顔にはあまり出ていないらしいが、ちゃんと楽しいと思っている。

「ハラセン、世話やいたれよ」

「俺が？　そういうことは、クラス委員がしたほうがよくないか？」

スズ高ではクラス替えがなく、一年から三年までずっと同じメンツで過ごす。俺の予想通り、タカアキは二年になっても当然のごとくクラス委員に選ばれた。

「おまえが王子を構ってりゃ、下手に手を出す奴はいないだろ。おまえに任しときゃいいや、って思うからな、みんな。けど、」

タカアキが鼻スプレーを取り出して、プシュウと吸い込み、話を続ける。

「けど、放置しとくと厄介だぞ。約二名、ちょっとアツイのがいるから、ウチのクラスにも」

タカアキの言葉に、俺はゆっくりと首を曲げ、その約二名を見た。教室の後ろでヘッドフォンをつけたままなにやらカクカクしたダンスを踊っているふたりは、今井《いまい》兄弟だ。一卵性の双子なので顔はそっくりだが、髪の長さが違う。

「ロクッパチが王子に突っかかる可能性はある」

タカアキの言葉に、俺は浅く頷く。

茶髪を短くしてるのがアニキの鹿《ろく》。

やや長いのが弟の波千《はち》。

ふたりはまとめてロクッパチと呼ばれている。クラスで俺の次にガタイがよく、たぶん身長は一八二、三てとこだろう。このあいだお揃いのタトゥーを入れに横浜《よこはま》まで出かけ、高校生はダメだと追い返されたと嘆いていた。下絵を見せてもらったが、五年後には後悔すること間違いなしという図案だったので、断られてよかったと思う。とても仲のいい兄弟なのだが、仲良しがややすぎるらしく、クラスを別にすると暴れ出すという逸話《いつわ》もある。

中等部の頃は、やたらとケンカの種まきと刈り入れに忙しかったようだが、高校に上がりストリートダンスに夢中になってからは、大きな問題は起こしていない。血の気が多くて短気だが、腹の底まで悪人ということもなく、兄弟でいつも母親手作りの弁当を食っていたりする。弁当箱までお揃いだ。

ロクッパチが櫛形のことを「澄ましやがって」と目をつけているのは事実だ。きれいな顔した転校生と仲良くしたいのに、向こうが冷たいのが気にくわない……あるいはそんな心理かもしれない。ガキである。

「わかるだろー？　学祭前にゴタゴタは困るのよ、委員長としてはさ」

ティッシュを鼻の穴に突っ込みながら、クラス委員は言う。成績は学年トップ、俺ほどではないが背も高い。特別イケメンとは言わないが、賢そうな顔だちをしているタカアキも、春はひたすら三枚目だ。

「それはいいが、なんで俺なんだ」

「人望あっから。ハラセンは」

「人望？」

俺はミネラルウォーターの1ℓ《リットル》を飲みきって首を傾げる。その言葉はそのままタカアキに返すべきだろう。他校はいざ知らず、この学校のクラス委員は雑用係などではない。自治と自由を校風としているスズ高で求められるのは、本物のリーダーシップだ。また、クラス委員は組織として生徒会に属するため、活動範囲はクラスのまとめ役の域を越える。上位の成績を保ったまま、そつなく飄々《ひょうひょう》とした調子で、すべてを熟《こな》しているタカアキの手腕はたいしたものだ。

「まあ聞け。ハラセンってさ、誰にでも同じに接するだろ」

「おまえのほうが、みんなに頼られている」

「そうか?」

「そうだよ。分け隔てがない。もっとも、単におまえはいちいち区別すんのが面倒なだけなんだろうけどな」

さすがによく見ている。そうなのだ、俺は人間関係の機微《きび》に疎《うと》いあまり、誰に対しても同じ対応をしてしまうのだ。面倒というか、条件反射に近い。

「ハードボイルドっつーより、むしろ不器用なんだよな、おまえって。でもまあ、そういうところがカッコよく見えて、男心くすぐんのよ、きっと」

「そんなもんか」

バリバリバリ、と俺はペットボトルを徹底的に潰す。ゴミは小さくしたほうがいい。

「そんなもんさ。だからおまえのやることには、みんな文句を言わないけど、俺が王子を構ったらブーイングが出る可能性はある。俺は委員長だから公《おおやけ》の立場っつーか、誰かを特別扱いはあんまりしたくないんだよ。つーことで、次体育だろ。王子と一緒に体育館に行ってやってな」

「まあ、いいけど」

タカアキの言っていることが全部わかったわけではなかったが、俺としては王子のお世話係になることになんら不満はない。

むしろ嬉しい。

……実はすごく嬉しい。

ここ一週間で、通算百二十回くらい話しかけようかとは思った。だがしかし、なにしろ向こうは俺と目が合うだけで毛並みを逆立てる。いや、王子が……もとい櫛形が毛深いという話ではなく、そういうオーラを漂わすという喩《たと》えである。誰に対してでも愛想が悪いが、ことに俺に対しては輪をかけて手厳しい。

「櫛形」

「……ンだよ」

ほらほら、こんなふうに。

ジャージに着替えた俺は、いそいそと（周囲にはのしのしと、に見えるらしいが）櫛形の机の前に行って声をかけた。櫛形は縄張りに侵入された孤高《ここう》の野良猫のような目で俺を見る。いやしかし、いつ見てもきれいな顔をしている。誰しも着ているカッターシャツすら、こいつが纏《まと》えば、キラリと眩《まぶ》しい。ああ、洗剤のＣＭのようだ。

「用があんならさっさと言えよ」

座ったままで睨み上げられ、俺は次のセリフがうまく思いつかなかった。それでもクラス委員の命《めい》が下った以上、ここで引くわけにもいかないので、とりあえず、

「次は体育だ」

などとあたりまえの発言をしてみる。

「知ってンだよ、そんなん。俺は見学だから着替える必要ねえの。ほっとけ」

うーむ。

突っぱねる顔も、眉のひそめ具合も可愛い。見ているだけで心が和《なご》む。このままポケットに入れて持ち歩きたい。たぶん、シャーっとか威嚇《いかく》して、すぐに逃げられるだろうけど。

「体育館まで案内する」

「はあ？　このガッコにゃ体育館まで行くのにダンジョンでもあんのか？　各ステージでラスボス倒さなきゃなんねーのか？　自分で行けるっての、大きなお世話だ」

やたらと突っかかる櫛形を見て、周囲の空気はピリリッと凍っていたのだが、俺は気にすることなく続けた。

「靴箱は学年ごとに分かれていて、わかりにくい」

「んなもん、テキトーにやる」

「テキトーはよくない。だから、一緒に」

「ああ、もう、うぜえ！」

王子は、顔に似合わず気が短いらしい。

癇癪《かんしゃく》持ちの子供のように、頭を横にぶんぶんと振った。サラサラの茶髪から、シャンプーの香りが漂ってきて、しかもこれが、頭からかぶりつきたくなるようなピーチの香り……男子校でこんな芳香に出会ったのは、初めての体験だ。

「俺のことはほっとけって、な……なんだよ！」

しかし、いくらなんでも本当にかぶりつくわけにはいかない。その代わりに俺は、むんずと櫛形の腕を摑んだ。びくんっ、と細いがきれいな筋肉のついた身体が震える。

「とにかく、一緒に行くんだ」

俺は低くそう言い、

「な、なん……うわあっ」

一気に櫛形を、荷物よろしく肩に担《かつ》ぎ上げた。クラスじゅうが、アングリと口を開けて俺たちを見ている。タカアキもさすがに目を剝《む》いていた。

「は、は、離せっ、降ろせこの野郎！」

「危ないから暴れるな」

いくらかなりの身長差とはいえ、高校生男子である。それなりに重い。じっとしていてくれないと、歩きにくい。櫛形を落として怪我でもさせたら大変である。

「てめえっ、な、なに考えてんだ！」

「……俺にもよくわからん」

自分の行いが常軌《じょうき》を逸《いっ》しているのには気がついている。これでは町娘を借金のカタに攫《さら》っていく悪代官のようではないか。いや、お代官様っていうのは自分で担いだりはせずに、布団を敷いた部屋でニタニタと笑って待っているだけなのか。子供の頃、祖父ちゃんと観た時代劇にそんなのがあった気がする。悪代官は、お決まりの「よいではないか、よいではないか～」と言いながら娘のオビをクルクルと――ってなんの話だったたっけ。

横を向くと櫛形の尻がある。小さな尻だ。背中をガリガリと引っ掻かれるのでかなり痛いが、なにしろピーチの香りに包まれているので痛覚も鈍り気味だ。

「櫛形、体育館は教室棟の東だ」

「し、知ってるっての！」

そうだった。最初は体育館で会ったんだった。

櫛形を担いだまま廊下を進むと、誰しもが俺たちを注視した。みんな息を呑んでいるのだが「なにごとだよっ」と聞く奴はいない。ただひとり、昇降口で擦れ違ったキヨちゃんだけが、

「んほ。仲がいいねえ。怪我しなさんなァ」

と透《す》きっ歯を見せて笑う。俺は「はい」と小さく会釈《えしゃく》を返す。

櫛形はといえば、この体勢で暴れたら自分が頭から落ちるのだと自覚したらしい。体育館到着まで、怒りに震えながらも俺の背中にしがみついていた。


「口をきいてくれなくなった」

「まあ、そうだろうな」

タカアキの返事に、俺は眉を寄せる。

そもそもは、このクラス委員が櫛形王子の世話を俺に頼んだわけで――。

「お。珍しく視線でモノを言ってるじゃないのハラセン。けどな、俺は担いで体育館に連れていけとは言ってない」

「……」

「つか、想像もせんかったよ、ンなこた」

「……」

「なんであんなことしたのよ、おまえ。おっと、ドア開けてくれ」

両手いっぱいに学祭の準備資料を抱えているタカアキのために、俺は教室の扉を開けながら、「わからない」と答える。

「わからないが……なんだか持ち上げてみたくなったんだ」

「なんだそら。王子はバーベルと違うぞ。……よっしゃ、それ配っちまってくれ。おーい、2A諸君、ホームルームを始めるぞ、静まりたまえ～」

タカアキのかけ声で、好き勝手なことをしていたクラスメイトたちは、怠《だる》そうな顔をしながらも席に着き始める。櫛形は最初から自分の席に座り、雑誌かなにかを読んでいた。俺のほうなど見ようともしない。

残念なことに、すっかり嫌われてしまったようだ。

あの日、体育館に着いて櫛形をそっと降ろした途端、頬の筋肉をヒクヒクと痙攣《けいれん》させながら、王子は俺に人差し指を突きつけ、口を開いた。頭に血が上ったのと怒ったのとで、顔は真っ赤になっていた。

うわあ、怒られる、怒鳴られる、罵倒《ばとう》される……と思って覚悟を決めた俺だが、どうやら言葉すら出てこなかったらしい。結局、櫛形は鼻息も荒く俺を睨んだだけで、プイと踵《きびす》を返してしまったのだった。

あとに残ったのは、櫛形の温もりと、重みの余韻。

思いのほかしっかりと筋肉のついた身体だった。痩《や》せていても背筋も腹筋もフニャンとしていない。バレエってのはたいした運動量なんだろうなと、改めて知る。

しかしなぜ、体育は見学だったのだろう。教師の許可はちゃんと取っていたようだが、風邪でも引いたのだろうか。

そんなことを考えながら、俺は最前列の席にプリントを適量ずつ置き終え、自分の席に戻った。なにしろでかいので、問答無用の最後列である。三列前の窓際にある櫛形の小さい後ろ頭を観察することだけが、最近の俺の楽しみだ。

タカアキが黒板に六月第二週末の日付を書き入れる。板書《ばんしょ》する姿は、下手な教師よりもサマになっていて、このまま授業が始まってもなんの違和感もなさそうだ。赤チョークで波線をにょろにょろ入れた委員長は、マスクを顎までずらして喋り出した。

「つーことで。『すずなり祭』が近づいてますよ～、みなさん。いい加減うちの出し物決めないと、俺、実行委員会に吊されちまうのよ。残り時間は少ないぞ。さあさあ、どうするね諸君」

本日の議題は学祭についてである。

私立だが併設の大学を持たないスズ高はいわゆる進学校なので、六月にさっさと学祭をすませてしまい、秋はじっくり勉強の季節なのだ。

「もう面倒だからよー、露店にしようぜー。たこ焼きとかイカ焼きとかー」

「遅い。露店で食いモン系をやるクラスは、一年の終わりに申告してなきゃなんないの。もう講堂使用の一択だって、説明しただろーが」

「んじゃー、みんなで女装して逆タカラヅカってのはどうだー？」

「定番だが面白そうなネタではある。けどな、それもうB組がやるって決まってんだよ。ほれ、おまえらちゃんと配ったプリント見なさいよ」

タカアキの言葉に、えー、とぼやきながらもみんなはプリントに視線を落とす。芝居、アカペラコンサート、逆タカラヅカのミュージカル、漫才、執事カフェ……なるほど、定番メニューは出尽くしている感じだ。

「いいかー。忘れるなよー」

タカアキがチョークを手の中で遊ばせながら、クラスじゅうを見回す。

「隣町の園山《そのやま》女学院に、沿線の花房《はなぶさ》学園。ここの女の子たちが来るってことを忘れるな〜。胸に刻み込め〜。学祭に熱血で挑めなんて思っちゃいないけどな、せっかくいらしてくれた女の子たちを退屈させる出し物だけはゴメンだぜ。あとで『2Aのって、なかなか面白かったわよね』くらいの話題になるクオリティは目指したいわけよ、俺としては。あわよくばLINEでお友達に追加してもらいたいわけよ！」

みんなの目の色が変わった。

二年の演目の発表は、学祭二日めの日曜――つまりこれは、土曜に来た女の子たちに『ねえねえ、明日ウチのクラスで面白いことやっからさ、よかったらおいでよ。あっ、これパンフね。

ホント気軽に来て、帰りによかったら声かけて！』などと誘うネタとしておおいに活用できるのである。だが出し物がショボくては格好がつかない。女の子たちにいい印象を残す必要がある。箸《はし》が転んでも『いかにしてモテるか』を考える十七歳、そこそこのボンが集まる私立高ではあるが、男子校の悲しさで彼女がいる奴は少なく、実はみんなこの学祭での出会いに胸をときめかせている。

……のに、どうして俺は櫛形の後頭部ばかり見てしまうのだろう。

あっ、横向いた。むう、小鼻まで可愛い。

「タカアキ、ダンスどうよ。みんなでヒップホップってのは。俺ら、教えたるし。ある程度カッコつけば、あとは俺とロクがフロントでキックアスなブレイキングかますし」

「そうそう。俺、MCやれっし。これでも結構リリシストなんだぜ。問題はDJだな。ターンテーブルは調達できるとして、回せる奴がいねーしなあ」

首にヘッドフォンを引っかけたままの今井兄弟の発言を黙って聞いたあと、タカアキは「なるほど」とひとつ頷いた。そして、

「おい。誰か日本語に訳してくれ」

と大真面目な顔で言ってクラスの爆笑を攫う。ロクッパチは顎を上げて口を尖らせ、タカアキに向かって中指を突き立てた。

「はいはい、静まって。いや冗談だ、失礼。ロクッパチの意見はどうよ、みんな。ヒップホップ？　ストリート？　とにかくそっち系ダンス。ほかにもちょい齧《かじ》ってる奴いたろ？」

「ありがちっぽくないかー」

「なんかロクッパチのライブショーみてえじゃん～」

「だいたい、女の子ってそんなにヒップホップ好きなのかよ？」

「あ、それマジ大切！」

わいわいと騒ぎ出すみんなを尻目に、櫛形はぼんやりと窓の外を見ている。頬杖をついた横顔は、絵に描きたくなるような整いようだ。もっとも俺はドラえもんしか描けない。しかも下手で、なぜか面長なドラえもんになる。

「なあなあバレエはどうよ。男だけのクラシックバレエ！」

誰かがそう言ったとき、よそ見をしていた櫛形が顔を正面に戻した。

「俺さ、こないだテレビで見たんだぞういうの。男だけど、ちゃんとあの白い衣装着てトウシューズで踊ってんの。すんげーウケてたぜ客席」

「げー、やめてくれよー」

「がはは、股間に白鳥の首つけてなかったか？」

「シムラか！」

クラス内がますます騒然とする。

前を向いてしまった櫛形の表情はわからない。ただ、背筋が緊張しているように見えた。

タカアキは自分の顎を、マスクの上からトントンと人差し指で叩きつつ黙っている。熟考しているときの奴の癖だ。

「マジ、面白かったぜ？　ウケるってゼッタイ。前にシンクロの男版とか、流行《はや》ったじゃんか。あれ元は実話なんだろ？」

提案者はそう力説し、タカアキを見る。委員長の指がぴた、と顎の上で止まった。

「……面白いかもしれないな。いまだかつてない企画だ」

タカアキが興味を示し、その視線が櫛形に注がれていた。

「幸い、うちのクラスには経験者がいる」

みんなもつられるように櫛形を見る。

見えないはずの櫛形の表情が、俺にはなぜか伝わってきた。たぶん、眉を寄せ、奥歯を噛みしめ、瞳にはめらめらっと小さな炎が……。

「バカか、おまえら」

ほら、やっぱり怒ってる。

「バレエが二か月でなんとかなると思ってんのか。寝言は寝て言え。一生寝てろ」

櫛形の反応は予想していたのだろう、タカアキは動じない。

「とりあえず形になってりゃいいんだよ」

「とりあえず形にすんのが大変なんだよ」

それはそうだろう。

体操競技も同じだ。ダンスとスポーツの違いはあろうが、基礎ができるまでが一苦労なのだ。

「いや、だから、下手でいいんだ」

「それ以前の問題だって言ってんだろ」

「ええとだなぁ……。そんなに固く考えないでほしいんだよ櫛形。こっちとしては笑いを取りたいだけなんだからさ」

おっとその発言は、まずいだろう。俺がそう思った瞬間、

「ふざけんなッ！」

櫛形が身体に似合わぬ大音量で叫んだ。怒りを通り越して、ほとんど悲鳴のような声だった。

椅子を蹴るように立ち上がった櫛形の、握り込んだ拳《こぶし》が震えている。

「俺は」

櫛形の声が詰まる。

「俺は笑いを取りたくて踊ったことなんか、一度もない！」

痛々しい叫びだ。

今まで、どれほど真剣に櫛形がバレエに取り組んでいたのか、事情をよく知らない俺にも、伝わってくる。正直、あのキラキラしいバレエの世界に興味はないが、どんな世界であろうと真剣に取り組んでいる者にはプライドがあって当然だ。

「えーと……すまん、言い方が悪かった。そういう意味じゃないんだ」

タカアキも櫛形の内心を察したのだろう。詫びるのは早い。

「べつにバレエを茶化《ちゃか》しているんじゃないんだ。そうじゃなくて、見て楽しいものに仕上げるための方向性というか……」

「知るか、そんなん。とにかく俺は、おまえらにバレエのバの字も教えるつもりはない」

タカアキの言葉を遮って、櫛形はきっぱり言う。

「勝手にヒップホップでもなんでも、踊ってりゃいいだろ。俺を無意味なクソくだらねー行事に巻き込むな」

クソまでつけるなんて、またそんな反感を買うようなことを……。タカアキはちょっと眉を上げるに止まったが、ほかの連中はそうはいかない。

「クソくだらねーだとォ？」

「ンだよ、それ」

「そんなにスズ高《ウチ》が気にくわねーなら、イギリス帰ればいーじゃん」

一斉にブーイングが始まる。

特に険しい顔つきは、もちろんロクッパチだ。あんな小柄で可憐な櫛形があいつらに殴られでもしたら、十メートルくらいふっ飛んでしまいそうである。これはいかん。とてもよくない。俺はゆっくりと立ち上がった。

決して大きな音は立てていないのだが、なぜかクラスじゅうちゃんと気がついて振り返り、視線が俺に集中する。

「ハラセン？」

タカアキの呼びかけには応《こた》えず、無言のまま、真っ直ぐに櫛形の席まで大股で歩いた。クラスじゅうのブーイングには屁でもない顔だった櫛形が、近寄る俺を見てビクンと身体を竦《すく》ませる。そんなに俺が嫌いなのだろうか。うーむ、ちょっと悲しい。

「来い」

「は？　え？　な、なんだよっ」

担ぎ上げたときと同じく、細い腕をむんずと摑む。櫛形が身体を引こうとするのを、俺は許さなかった。

「離せよっ。い、痛いって！」

俺はタカアキに視線を送る。洟を垂らし気味だが聡明な委員長は、俺の意図をすぐに読み取り、ゴホンと咳払いひとつしたあとで、

「アー。ウン。そうだな、ハラセン。その王子様とよーく話し合ってくれ。ああ、暴力はいかんよ、暴力は。おまえらウエイト違いすぎるし」

セリフ後半はもちろん、ピリピリしているクラス連中への牽制《けんせい》だ。原が話をつけるんだから、ほかの奴らは手出しをするな――そういう意味である。

「やめろっ。離せっ」

「………来い」

タカアキの策略に合わせて、俺は低く不機嫌な声を出した。

生まれてこの方、暴力など誰に対してもふるったことのない子羊のごとき俺だが、この身体とこの顔は、周囲に勝手な想像力を喚起《かんき》させるらしい。実際には、怒鳴ることすら稀《まれ》なのに。

高校に入ってからは……そう、一度だけ、クラスで飼っていた金魚の世話係をさぼり続けた奴と口論めいたことになって――思わず、壁を殴ったら、たまたまそこが脆《もろ》い部分だったらしく、ヒビが入った。周囲でやんやと言っていた連中は、水を打ったように静まりかえった。

ちなみに俺の拳も出血したが、骨に異常はなかった。カルシウムは大切だ。

以来、そいつは金魚をまめに世話してくれるようになり、それでも去年の秋に金魚は死んで、俺はそいつと一緒に墓を作った。そいつはちょっと涙ぐんでいた。生き物は、ちゃんと世話をしても死ぬのだ。儚いもんだなと思ったら、俺も少し涙腺が緩んだけど泣きはしなかった。

「ど、どこ行くんだよっ」

「………屋上」

ぐいぐいと腕を引っ張りながら、俺は階段を上る。このあいだのように、担がれるよりはましだと思ったのか、櫛形は途中から黙って引っ張られていた。

重いスチール扉を開けると、春の空が拓《ひら》ける。

授業中なので、屋上には誰もいない。というか、基本生徒の立ち入りは禁じられている。そのわりに、壊れたカギはまだ修理されていない。

給水塔の裏側に櫛形を連れていく。生ぬるい強風が吹きすさぶ屋上で、ここだけ風があまり入らない。カッターシャツ一枚の櫛形に、風邪でも引かせたら大変だ。

「いっ、いい加減、離せッ！」

身体ごと捻《ひね》って、櫛形は俺の手から腕を抜き取る。もう強くは摑んでいなかったので、あっさりと外れた。俺の摑んでいた右の二の腕を左手でさすりながら、苦々しげに舌打ちをする。

「………すまん。痛かったか」

「てめーはバカ力なんだよ！」

「痣《あざ》になってないか？」

「触んじゃね………うわ！」

俺の伸ばした腕を避け、櫛形が勢いよく背中を向けて逃げようとした。

だが、その身体がガクンと前のめる。足元に段差があったのだ。

「櫛形！」

助けようとしたのだが、間に合わない。王子が派手に転倒する。

妙な転び方だった。普通、転ぶときには咄嗟《とっさ》に両手を前に出してしまうものだが、櫛形は両手で自分の左膝を庇《かば》ったのだ。すると肩からつんのめる形になり、頭部は無防備になってしまう。

俺は肝を冷やした。

だがさすがに運動神経がいい。

櫛形は、受け身を取るように身体を捩《よじ》り、実際には腕の側面から転んだ。

「……くっ…そ……」

それでもコンクリにまともに打ちつけたのだから、相当に痛そうである。

「おい。大丈夫か」

「さわ……んなっ……」

「骨、なんともないか」

座り込んだままの櫛形の横に陣取り、その細い腕を調べる。シャツの袖を捲り上げるとすでに内出血が始まっていた。これは派手な痣になりそうだ。

「くっ……」

だが、櫛形が押さえてうめくのは膝だった。

「おまえ、膝……打ったのか？」

「あ、あ！　触るな！」

そう言われて多少ためらったものの、やはり心配のほうが勝る。嫌がる櫛形を押さえておくことなど俺には容易《たやす》い。制服のスラックスを、無理矢理たくし上げ、素肌の膝下《しっか》を晒《さら》す。

グレイ地に臙脂《えんじ》で細いチェックの入ったスラックスの下には、しなやかな脚と——よく見ないとわからない程度の傷痕。小さく三か所……見覚えのある位置だ。

「……靭帯《じんたい》？」

スラックスをたくし上げていた俺の手の上に、櫛形の震える手がかぶさった。

「見る、な」

俺の手ごと、スラックスを戻そうとする力は、とても弱々しい。声にもさっきまでの勢いはなくなっている。顔はうつむいていて下半分しか見えない。

「もう踊れないのか」

俺は、残酷なことを聞いた。

見て見ぬふりをしたほうがよかったのかもしれない。けれど、そのほうが櫛形に失礼な気がしたのだ。もしこれが内視鏡による靭帯再建手術の痕だとしたら、彼は靭帯断裂を経験し、数か月から、場合によっては一年以上のリハビリを乗り越えたのだ。決して、弱い奴ではない。

「踊れないわけじゃない」

櫛形は顔を上げて、俺をまともに見た。弱々しかった視線に力が戻ってくる。

彼は怒っていた。不躾《ぶしつけ》な質問をしたのだから当然だろう。興奮で頬を染めた顔は、視線を逸《そ》らすもんかと主張し、逸らしたら負けだと自分に言い聞かせているようにも見えた。

「……けど……日本に帰ったほうがいいって言われたんだ」

んくっ、と喉仏が上下する。まるで涙を飲み込んでいるみたいだった。

「そうか」

「手術から一年はまともに踊れない。そしたら、向こうのスクールにいる意味が、ない」

「うん」

「スクールからカンパニーに入れるのは成績が優秀な奴だけで……一年もブランクがあったら、そこに残れるはずもない。俺は、ドロップアウトしたってことだ」

「……そうか」

俺はそっと、スラックスを元に戻す。そして傷痕の上を手のひらで触れる程度に覆った。ヒーリングのつもりでもないが、なんだか、そうしてみたくなったのだ。

櫛形は、いやがらなかった。

言いたくないことを言い終わって、虚脱《きょだつ》したのだろうか。少しぼうっとした表情で、俺の手の甲を見ている。むずかり終わった子供みたいで可愛い。

たぶん、櫛形は、今まで誰にも言わなかったのだろう。

自分が留学先から戻った理由を。つまり、膝の怪我と、断たれてしまった夢の話を。

言いたいけれど、言えない。説明したくて、したくない。

挫折《ざせつ》という現実を語るのはつらい。つらいから、吐き出したい、でもできなくてもっとつらくなる……そんな悪循環が、櫛形をいらつかせていたのかもしれない。

ゆっくりと脚から手を離し、俺は櫛形の頭に手を近づける。今なら触らせてもらえるかも、なんてずるいことを考えた。サラサラの髪に、触ってみたかったのだ。

ぽん、と頭頂部に手を置いてみる。

怒るかな、と思ったが櫛形は動かない。

ぐりぐり。撫でてみる。おお、やはりサラサラ。

「……なにしてる」

「撫でてる」

俺の返事に、むう、と櫛形が口を歪《ゆが》ませた。そろそろ王子様の復活か。

いやホント、頭小さいなァ、こいつ。

「やめろよ。なんでおまえに慰められなきゃいけねーんだ」

「べつに慰めているわけじゃない」

「じゃあなんなんだよっ」

触りたいので触っているだけだ……と言おうかと思ったのだが、やめておく。野郎が野郎の頭を撫でて気分がいいというのは、若干《じゃっかん》の問題を含んでいるような気もする。

「言っとくけどな、怪我と学祭の件は関係ねーからなっ」

「学祭？」

「だから、どっちにしてもバレエをおまえたちに教える気なんかねーってことだよ！　おいっ、いい加減やめろよっ！」

「ああ、学祭か。……うん。まあ、無理だろうと思う、俺も」

形のいい頭から手のひらを外して、俺は真面目に頷いた。そして拍子抜けしたような顔をする王子様に向かって続けた。

「櫛形と俺たちじゃ、ぜんぜん違うもんな」

「なにが」

「最初におまえを見たとき思った。体育館で」

俺はコンクリの上にあぐらをかいたまま、ゆっくりと喋る。

「平均台の上で、ただ立っているだけでわかった。おまえはぜんぜん違うんだ」

「だから、なにが」

「身体、っていうか姿勢だな。もっと言えば骨格や筋肉や体軸だ。あんなふうに立ってるだけで絵になるなんて奴は、そうそういない」

「…………」

「身体を作るのは、長年の訓練だ」

「……そう、だよ」

「いくらタカアキの仕切りがうまくても、二か月ではどうにもならん」

櫛形はさっき打った腕をさすりながら、

「わかってんなら、いいけどよ」

と小さく呟く。そして、

「おまえ、なんかスポーツしてたの？」

と初めて俺自身に関する質問を向けた。ちょっと、いやかなり嬉しかったが顔には出ない。

「中学まで体操をしていた。先輩で、櫛形と同じ手術をした人がいたんだ」

「……跳馬《ちょうば》とか、吊り輪とか？」

「吊り輪は中学ではあまりやらないな。俺は床が得意だった」

「へえ。全国クラス？」

「中学二年で、床は全国三位」

そっぽを向いて喋っていた櫛形が、上目遣いで俺を見る。

「すげえじゃん。でもここ、体操部ないだろ?」

「ない。だから今はやってない。……櫛形、医務室に行こう」

腕を押さえたままの櫛形が気になって仕方ない。ただの打ち身にしろ、早く冷やしたほうがいいに決まっている。自分の身体に百か所痣があっても気にしないが、櫛形にある痣は早く消えたほうがいいように思えるのだ。

先に立ち上がり、手を差し伸べた俺を、櫛形が見上げる。

大きな目が、なにか言いたそうだった。

「学祭のことなら、大丈夫だ。タカアキには俺から言っておく。それと、もしロクッパチがなんか仕掛けてきたら……」

「あんな奴ら、相手にしねーよ」

俺の手を取らずに、櫛形は立ち上がった。

最初は少しだけ左膝を気にして、だが特に異変はないと確認したらしく、スイッときれいな動きで立ち上がる。腹筋背筋、そしてインナーマッスルが鍛《きた》えられていなければこんな体重移動はできない。

やはり、きれいだ。

きれいで、強い。櫛形は特別な身体を持っている。

俺は先に立って歩き、櫛形のために屋上の重い扉をうやうやしく開けたのだった。

「ほら、バレエやってた従姉がいるって話したよな？」

タカアキがレポート用紙になにか書き込みながら話しかけてくる。

「ああ、リカちゃん」

「そうそう。うちのお袋と仲良くてさ、こないだ来たのよ。で、例の学祭の話をしてみたら、えっれー怒られちまった」

週末、俺はタカアキの自宅に来ていた。

スズ高は都下の住宅密集地帯にあるので、学校の周囲に住んでいる生徒がかなり多い。俺とタカアキの家も、自転車で行き来できる距離にある。タカアキがうちに来ることは滅多《めった》にないが、俺のほうはちょくちょくお邪魔させてもらっている。

「バレエをバカにすんなって。二か月でなにができるもんかってさ」

「そうか」

「でもさー、とりあえずつま先で立てりゃ、なんとかなりそうな気もすんだよなー」

「そういうもんでもないだろう」

「ふふーんだ。おまえは王子の味方だもんなー。みんなは王子がおまえにボコられると思って、ヒヤヒヤしたらしいけど、実は逆なのをこの俺は知ってるぞ。委員長のメガネは伊達《だて》じゃないんだ。おまえ、王子とオトモダチになりたくて、しょーがないんだろー？」

「……………」

俺が返事をしなかったので、タカアキは椅子をグルリと回転させ、あぐらをかきながらマンガ雑誌を見ていた俺を睨む。

「こら。なんか言いなさいよ」

「……いや……ウン」

「あーもう、どっちなんだよ！」

「いや、だから……」

オトモダチになりたいというか……彼の髪に触りたいなんていう場合も、オトモダチの範囲に入れてしまって構わないのだろうか。櫛形の視線とか、口元とか、指先とか、そういうディテールが妙に気になるというのも、オトモダチになりたいからなのか？

「……櫛形は、膝に怪我をしている」

思い浮かんだ質問とは、別のことを言った。タカアキは特別驚く様子も見せず、
とシャーペンの先で頭を掻いた。

「見たのか、傷痕」

「知ってるのか」

「キヨちゃんから聞いてる。俺だけしか知らないから、おまえも他言は……するわけないか」

「しない」

タカアキはアーアとため息をつき、書きかけのレポート用紙をぐしゃぐしゃと丸めた。たぶん学祭の草案だ。それをポイと屑籠《くずかご》に放り投げ、クシャミをひとつしてから椅子から降り、ゴロンと寝転がる。クッション代わりのアザラシのぬいぐるみはタカアキの母親の趣味だが、抱っこすると思わず離したくなくなる気持ちよさがある。

「あいつ、俺らよりひとつ年上なんだよ」

アザラシに顎を乗っけてタカアキが言った。

「え」

「高一の途中で留学して、去年怪我をして帰国したんだってさ。普通に歩けるようになるまで、結構かかったらしい」

そうか、留学やリハビリで学年がずれてしまったわけか。

「踊ってるときに、膝の靭帯切ったとか。傷痕、すごかったか？」

「……いや、内視鏡手術だから傷痕は大きくはないが……あれはリハビリが大変なんだ」

「そっか。……キヨちゃんさ、どうせ王子がバレエやってたことはすぐわかると思ってたんだろうな。だってあんなシャキーンとした姿勢の高校生フツーいねーもんよ。だから、最初にそれだけはバラした。……誰かが本人に問いつめるよりマシと思ったんだろ」

「そうだったのか……」

「結構、いろいろ考えてんのよ、キヨちゃんて。あー、もう、しかしどうすっかなぁ～。ハラセン、おまえも考えてくれよ～」

「なにを」

「月曜には実行委員に伝えなきゃならんのだよ、我がクラスの演目を」

今度は腹の上にアザラシを乗せて寝転がったまま、タカアキが両手両脚をばたつかせる。しばらく暴れて、飽きたのかピタリと動きが止まった。

「やべ」

横を向き、耳を床につけた体勢でタカアキが呟く。

「どうした」

「オヤジが帰ってきやがった。くそ、晩飯は一緒か……また説教タイムだぜ……」

心の底から嫌そうな声だった。タカアキは親父さんと仲がよくない。完璧主義者で頭の固い人みたいだから、なにかとストレスが溜まるようだ。俺から見ればタカアキは成績もよく、教師の信頼も厚く、息子としてはかなり上出来だと思うのだが、親というのは欲が深いらしい。

反してお袋さんはぽやん、と優しい雰囲気の可愛い人だ。

「タカアキ、俺そろそろ帰るよ」

「そっか。じゃ、演目は宿題だぞ！」

「いっそヒップホップにしちまえば？」

「んー。俺ってトラッド系ファッションが好きだからさー、あっち系はイマイチ食指が動かないんだよねー」

階段を下りながらタカアキは肩を竦める。駅前のコンビニまで行くというので、一緒に出ることにした。

「やあ。原くんじゃないか」

階段を下りきったところで、親父さんと出くわした。俺はコンチワと頭を下げる。以前にも、挨拶《あいさつ》だけはしたことがあった。

「相変わらず大きいな、きみは。何センチあるんだい」

「一八五です」

ほう、と親父さんがメガネをクイと上げる。ずり落ちてはいないのだが、たぶんこの人の癖なのだろう。いかにも、有名企業の管理職という風情だ。

「諸葛亮《しょかつりょう》が八尺だったというから、ほとんど同じくらいだな。うん、いいねえ。大物だ」

背中側にいるタカアキはきっと「ケッ」という顔をしていることだろう。

親父さんは大の三国志《さんごくし》ファンなのである。タカアキがコウメイと呼ばれるのを嫌うのは「孝明」が「孔明《こうめい》」から来ており、そこに親父さんの深い想いが込められているからだ。それにしても、俺の印象としては諸葛亮は切れ者の優男《やさおとこ》なのだが、そんなにでかかったのか。

「あら、ハラセンくんもう帰っちゃうの？　お夕飯食べていきなさいな」

お袋さんがキッチンから出てきてそう言ってくれたが、俺は頭を下げて辞退する。

「いえ。これから、病院に」

「あ、そうなの」

お袋さんが、小さく頷く。

「じゃあまた、いらっしゃいね？　ハラセンくんの食べっぷり見るの、とても楽しいのよ」

優しい言葉に、俺は黙って頭を下げる。こんなふうにいつでも気遣ってくれるのだ。

「俺、そこまで送ってくっから」

「ご飯だからすぐ帰ってきなさいよ」

ハイハイとタカアキが返事をする。俺たちが靴を履いている間に、親父さんが「ああ、そうだ」と呟き、背広の内ポケットから紙片を二枚取り出してお袋さんに渡した。

「昨日、取引先にこんなものをもらったぞ。バレエのチケットだそうだから、リカとでも行ってきなさい」

「あら、すてき」

「奥様とどうぞ、なんて言っていたがな、俺はごめんだ。まったく、こんなモンを寄越《よこ》されても困る。ぴらぴらした踊りなんぞ見て、なにが楽しいんだか……しかも男までタイツなんぞはいて……ゾッとするじゃないか」

俺とタカアキは顔を見合わせた。最初は無表情だったタカアキが、ニイッと口の両端を吊り上げて笑う。こいつがこんな顔をするときは、ろくなことを考えていない。

「父さん、そのチケット俺がもらっても構いませんか？」

タカアキはそう聞いた。父親に対して、多少嫌味なほど丁寧に口をきくのはいつものことだ。居間に入りかけていた親父さんは振り返り、苦々しい顔を見せる。

「バカを言うな。男が観るようなもんじゃない。そんなヒマがあったら勉強しろ」

申し出は、あっさりと却下されてしまう。

「ふうん。父さんはバレエが嫌いなんですね」

「くだらん。好き嫌い以前の問題だ。おい、母さん、風呂は沸いてるか？　あれだぞ、風呂に入れる入浴剤は天然色素にしなきゃダメだぞ。着色料にだまされてはいけない」

「はいはい。ちゃんと調べて買ってますよ」

わがままな子供を宥《なだ》めるような声を出しながら、お袋さんが俺に（またね）という視線をくれた。俺も一礼して、居間のドアが閉じられる。

玄関を出たあと、タカアキはまたしても自分の顎を指先で叩いていた。そして、

「聞いたかよ、ハラセン」

と横目で俺を見た。タカアキがなにを企《たくら》んでいるのか、俺にはもうわかっていた。滅多なことでは熱くならないクラス委員だが、自分の父親に対してだけは異様なまでの敵対心を燃やす。

「まさかおまえ……」

「俺はな、あいつにやるなと言われたことなら、全部やりたくなるんだよ。あいつが食えと言ったものは食いたくないし、食うなと言われれば石でも食ってやる。……決めたぞ、やるぞ、ふふふふ、うちのクラスは男のバレエで勝負だッッ！」

今回も、火がついてしまったようだ。

駅に向かって歩き出しながら、タカアキは右手の拳で左手の手のひらをパンパン叩き、

「見てろよーオヤジ。学校じゅうの話題になるような男のバレエを企画して、学祭に招待してやるぜ、ぶえっくしゅ！」

とひとりで闘志を燃やしつつ、ポケットに入っていたマスクをつける。

「個人的な感情で、学祭を仕切るのはどうかと思うぞ」

「なにを言う。これは特権だ。クラス委員なんてめんどいことしてんだから、この程度の決定権は握らせろ。とにかくやる。やるったらやる。ハラセン、止めるなら俺の屍《しかばね》を越えていけ！」

べつにそんなものは越えたくないけどな……。駅に向かって歩きながら、タカアキはすっかりヒートアップしていた。

俺は今まで五回ほど顔に痣を作っているタカアキを見たが、すべてが家庭内で作られたものだ。理知的な感じの親父さんなのに、結構キレやすいらしい。昔は一発、二発、一方的に叩かれて終わりだったという。だが、タカアキが高校に入ったあたりから、父子《おやこ》の力の差異が縮まり出した。するとファイトは本格化し出し、摑み合い怒鳴り合うふたりにお袋さんがとうとうキレて、父子めがけて電話機が飛んできた――なんて話も聞いた。飛んできたのは携帯電話ではないので、壁から線がぶち切れたそうだ。あのおっとりしたお袋さんにそうまでさせるほどのバトルが、醍醐家ではたまにあると言う。なんとも熱い一家だ。

「つーことでハラセン。王子を口説け」

「なんでそうなる。だいたいあいつは怪我してるんだぞ。体育だって見学してたじゃないか」

「コーチを頼むだけだ。脚なら、日常生活に支障はないし、本当は体育だってできる程度には回復してんだとよ。ただ、本人が走ったり飛んだりしたくないだけだ。言うなれば気持ちの問題。キヨちゃんそう言ってたもん」

そうは言うが、気持ちの問題というのが一番難しいんじゃなかろうか――なにしろ見えないんだから、心ってのは。

「一応、頼んではみるが、あてにするなよ」

「あてにしまくるぜ。あいつ、おまえの頼みなら聞くような気がする」

「嫌われてるのにか」

「意識してるってこった。ま、それはおまえもだけどな。珍しいよな、おまえが誰かに執着するのって」

思わず足が止まる。

「……執着？　俺がか？」

「へえ、自覚ないの？　こら、止まるなよ。おまえ止まると電柱みたいなんだから。……ハラセンってさ、いっつも王子のこと見てるじゃん。ああいうの、タイプなのかと思ってたんだけど」

「タイプっておまえ。男だぞ」

「うち男子校だもん。アリアリよ」

アリアリ、と言われても困る。俺は女の子とだってつきあったことはない。中学時代に告白されたこともあったが、部活に忙しかったし、部活をやめてからは母親が入院していたのでそれどころではなかった。

確かに櫛形を可愛いとは思う。だが、それは小動物を弄《いじ》りたくなるような気持ちに似ていて、恋愛感情とは違う……んじゃ、ないか？

歩きながら、考える。だがよくわからない。自分の感情と向き合うのが、俺はあまり得意ではないのだ。親父も静かで不器用なところがある人だから、似たのかなと思う。母親が入院してからは、親子ともどもその傾向が強くなっているようだった。

悲しんでみたところで、事態がよくなるわけじゃない。俺たちが悲しめば、母さんはもっと悲しむだろう。口には出さないけれど、親父も絶対にそう思っているのだ。

コンビニ前での別れ際、櫛形を口説けとタカアキに念を押される。

「努力はする」

俺はそう答えたが、あの櫛形が素直に言うことを聞いてくれるとは、とても思えなかった。


週が明けた月曜の昼休み、俺はひとりで屋上にいた。

焼きそばパンに挟まれた焼きそばが一本、ぴろぴろと強い風に飛ばされてしまう。慌てて手を伸ばしたが焼きそばは摑めなかった。

「お」

「……フライング・焼きそば」

くだらない呟きを発してみたものの、もちろん返事をする者は誰もいない。

タカアキは実行委員に呼び出しを食らっている。おまえらのせいでパンフの印刷が遅くなったと叱られているのだろう。俺は焼きそばパンとカレーパンとブルーベリーデニッシュを立て続けに胃に押し込んで、1ℓパックの牛乳をゴクゴクと半分まで一気に飲んだ。残りはパンの包装紙が飛ばないように、重しとしてコンクリの上に置く。

風が強すぎる屋上は、弁当スポットとしては不適切だ。ベンチひとつあるわけでもないので、コンクリに座り込まなければならない。芝のある中庭のほうが昼寝にも適している。

よって、ここには人が少ない。俺のお気に入りの給水塔側は日陰になりやすく、特に人気がない。ひとり、ぼんやり過ごすには最適だ。

寝転がると後頭部が痛かった。雑誌でも持ってくれば枕になったのにと後悔する。

風は強いが、空は青い。

雲の移動を見るのが好きだ。

見ていてもきりがないところが好きだ。雲はどこまでも行ける。

「いい歳して、転校生を屋上に呼び出しとか、したかねーんだぜ、俺たちも」

聞き覚えのある声だった。続けて何人かの足音がコンクリートをざりざりと擦り、俺の頭蓋骨《ずがいこつ》に届く。動かないまま、俺は神経を集中させた――――三人くらいか。

「けどな、一度王子様とは話し合っておかねーとって思ったわけ」

「王子様とか言うな。気味悪ィ」

俺は流れる雲から視線を外し、上半身を起き上がらせる。間違いなく、ロクッパチと櫛形だ。

給水塔の反対側にいるらしく、姿は見えない。

「王子様だろうが。バレリーナだったんだろ」

ロクなのかハチなのか、双子なので声もよく似ていて区別が難しい。

「男はバレリーナなんて言わねーんだよ」

あ、やっぱり？　いや納得している場合じゃない。櫛形はとうとうロクッパチに呼びつけられてしまったのだ。

「ンなの、知るか。俺らが許せねえのは、おまえのヒップホップをバカにした発言だ」

「バカになんかしてねーだろうが」

「しただろーが。今タカアキに、バレエよりよっぽど手っ取り早いって言ったじゃねェか」

「ホントのことだろ」

どうやら、タカアキは直接櫛形を口説きにかかったようだ。あいつのことだから、実行委員に演目を届けたその足で、櫛形を説得しようとしたんだろう。

「だぁら、それがバカにしてるってんだよ！　じゃーてめーにヘッドスピンやウィンドミルができるってのか！」

「それはヒップホップじゃなくてブレイクダンスだろ！」

「ブレイキングだってヒップホップなんだよっ。ヒップホップの定義はむずかしーんだ！　歴史っつーもんがあんだ！」

「ロクの言う通りだぜ！　だいたいなあ、ヒップホップってのは人生なんだ、生き様なんだ。ニューヨークのスラムで生まれた文化なんだ！　バレエみたいにチャラチャラしたもんとは違うんだよ！」

ロクッパチは真剣だった。かなりヒップホップに入れあげている。夢中になれるものがあるのはいいことだ。ただし人に迷惑がかからなければ、だが。

「だから！　勝手に人生でも文化でも踊ってりゃいいだろうが！　古くさい電子レンジのターンテーブルみてーに好きなだけ回ってろ！　俺は関係ないんだからほっとけよ！」

「そういう態度が気に入らねえんだよ！　なあハチ！」

「だよなっ、ロク！　何様のつもりなんだよ王子様はよ！」

……なんだかマヌケな脅し文句ではあるが、状況は芳《かんば》しくない。俺は急いで立ち上がり、給水塔の裏側に回る。くぐもったうめき声と同時に、ハチに襟首を摑み上げられた櫛形が視界に飛び込んできた。眉が勝手にギュッと寄る。なんてことするんだバカ双子め。

「おい、離してやれ」

「……ハラセン」

ふたりは俺を見るなり、(厄介なのに見つかっちまったな) という顔をする。

「その体格差だと、ただのイジメだぞ」

「けどよ、ハラセン」

「早く離せ」

俺が低い声で繰り返すと、ハチは乱暴に櫛形を解放する。王子様は軽く咳き込んで、ロクッパチと、俺のことまで睨み上げた。……なぜ。

「櫛形も、いちいち突っかかるような喋りかたはよくないぞ」

「うっせーよ、デクノボウが」

うーん……今、俺はおまえを助けてやったんだが。なぜ。

「人にはそれぞれ大切にしているものがあるんだ。それを軽んじるのはよくない」

「てめーは教師かよ、うっとーしい」

「おまえだって、バレエは大切だろ」

その言葉に、櫛形はハッと息だけで笑ってそっぽを向いた。だが俺はくじけずに続ける。

「プロになれなくっても、踊るのをやめたわけじゃないんだろう?」

「やめたんだよ」

「本当か？　でもおまえ最初に会った日、体育館で、踊りたそうにして」

「うるせえッ！」

ロクッパチまでがビクンと震えるほどの叫び声だった。この細い身体から、よくまあこれだけの怒鳴り声が出るものだ。バレエダンサーは肺活量も相当と見える。

「……うるせえんだよ、おまえは。俺は、もう、踊らないんだ」

踊らない。……踊れない。

櫛形の顔は、自分が一番大切にしているものに、無理矢理封印をしているかのように見える。事情を知っているだけに、俺は二の句が継げなくなってしまう。

「フーン。つまりその程度ってことかよ」

言ったのは、ロクだった。

「だよな。踊らないでいられる程度ってことなんだよな。俺ら、とてもじゃねーけど、踊らなきゃ生きていけねー」

続けたのはハチだ。そしてふたりで、

「なにしろheads《ヘッズ》だからよ。ヒップホップなしの人生なんか、考えられねー」

と唱和《しょうわ》する。双子だけに、なかなかいいユニゾンだ。

すると櫛形がムッとした顔を見せて、再び口を開く。

「勝手なこと言うんじゃねえよ。俺はなあ、こんなガキん頃から、それこそてめーらよりずっと長い間、ダンス漬けの生活を送ってたんだ」

ううむ、負けず嫌いなところもやっぱり……可愛い。

「へえ、そのくせあっさりやめんのか」

「プロになれなきゃ踊る意味ねーってか」

この兄弟の掛け合いは、普通に喋っていてもラップめいたリズムに聞こえる。

「俺らはジジイになっても踊るよなロク」

「踊るさハチ。ヨボヨボになったってランニングマンしてるぜ」

「ヒップホップは生き様だもんな」

「それに比べりゃバレエなんてのは、しょせん嬢ちゃんのお稽古《けいこ》ごとだ」

さらに双子は声を合わせ、櫛形に向かって「なあ、お嬢ちゃん?」と言った。

ぷつん。……マンガだったら、櫛形の頭の上あたりにそういう描き文字が入るシーンである。

怒りのあまりしばらく黙していた櫛形は、やがてツンと顎を上げてロクッパチを見ると、

「……なら、やってみやがれ」

と低く、だが確かに言った。

「なんだって櫛形?」

俺が腰を曲げてその顔を覗《のぞ》き込むと、大きな目が怒りでぎらついていた。

「やってみろよ。でかいだけの双子野郎! あと、おまえもだ、原ッ!」

「え、俺?」

どうして俺がロクッパチと一緒の括《くく》りに入れられなければならないのだろう。それ以前にやってみろって、なんの話だ。まさか。

「教えてやろーじゃねえか。ボンボンと嬢ちゃんのお稽古ごとを、てめーらが二か月でどこまでやれっか、見てやろーじゃねえか！」

「おい、ちょっと待て、櫛形」

「うっせえッ！　いいか、あの花粉症メガネに言っとけ、おまえらが学祭でチュチュ着て踊るんなら、教えてやってもいいってな！」

花粉症っておまえ、クラス委員の名前くらい覚えてやれよ……醍醐孝明だぞ。漢字かなり難しいけどな。

「……チュチュってあれか。あの水平に広がったスカートみたいなやつのことか」

ぽかんとしているロクッパチを横目に、俺は櫛形に質問した。

「そうだ。あれだ！」

うーむ。身長一八五センチの俺に、あれを着ろというのか。

「ロクッパチ。おまえら、タッパいくつだ」

俺の質問に、ぱちくりと瞬きひとつして、ハチが答えた。

「……あ。一八二・五センチ」

たぶん、チュチュ姿の自分を想像して頭の回路がショートしかけているのだろう。

「櫛形、そういうサイズのチュチュってあるのか？」

「ンなこと、俺が知るかッ！　てめーらがやるっつったんだから、てめーらで用意しろ！」

顔を赤らめて叫んでいる櫛形を見るに、たぶんこいつも冷静ではないのだろう。まさしく売り言葉に買い言葉というやつだ。

「こらこらキミたち。なにを騒いでんだよ。もうすぐ五限始ま……へっくしょいっ、ちくしょ、花粉すげー飛んでくるな、ここ」

クシャミとともに現れたのはマスク装備のタカアキだった。櫛形を見つけると、

「お。例の件、考えてくれたか？」

とこれまた最悪のタイミングで聞く。櫛形は柳眉《りゅうび》を吊り上げて、

「てめーもだ！　てめーも俺の出した条件を呑むなら、千歩譲《ゆず》って振り付け教えてやるっ。ちょうど四人だからな、『四羽の白鳥』でもやってもらおーじゃねえか！」

来たばかりのタカアキは事態がまったく呑み込めていないのだが、とにかく櫛形が「やる」と言っていることに重きを置いたようだ。マスクをぴよん、と引っ張って、

「あ、やってくれんのか。よかったー、助かるぜ。これで王子もうちのクラスの一員だなっ」

などと暢気《のんき》なことを言っている。

「言っとくけどな、無理だとかキツイとか言い出しやがったら、ケツのアナから手ェ突っ込んで奥歯ガタガタ言わせせっかんなっ！」

「はっはっは。王子は顔に似合わず下品なこと言うよなー。大丈夫だって、俺たちそれなりに学祭にはかけてんだぜ。なにしろ付近の女子校が、あ、おい櫛形ー？　あらら、行っちゃった……へきしんっ。うー。……？　どうしたんだロクッパチ、表情固《かお》いぞおまえら。ハラセンはいっつもこんな顔だけどよ」

ロクが真顔でタカアキに聞く。

「おい。『四羽の白鳥』って知ってっか」

「は？　……ええと、ああ、チャイコフスキーの『白鳥の湖』ン中のアレかな？　ほれ、四人のバレリーナが、こう、手を交差させて繋いでさ……」

♪チャッチャッチャッ、チャーララ・ラッチャ、チャッチャッチャッチャッ、チャーララ・ラッチャ、スッチャーラカチャー――――。

タカアキが歌い出す。俺も聞き覚えのある有名な曲だ。だが踊りのほうはてんでわからない。ロクッパチも同じらしい。

「短いけど、有名な場面だぞ。従姉が昔、発表会でやったんだよ。四人でピッタリ揃えるのが大変なんだってさ」

さすが委員長、いろいろ知ってるな。

だが、問題は、それを俺たちができるのかってことだ。

「ははは、あんなのをおまえらみたいなデカイ三人がやったら、さぞウケるだろーなぁ。うははは、想像しただけで笑えるぞ、おまえらのチュチュ姿」

　いや、だから。

　おまえも入ってるんだよ、タカアキ。

かくして、俺たちの特訓の日々が始まった。

櫛形は、毎朝七時からの朝練と、放課後は八時までみっちり、さらに土日返上を俺たちに義務づけると言い出した。

怒ったのはロクッパチである。

「冗談じゃねーよ！　俺たちゃオリンピック強化選手かよっ。聞きゃあ、たかだか二分弱の踊りじゃねーか！　んなもんにそんな時間かけられっかよ！」

最初の練習日、ふたりは強く抗議した。

俺たちが今いるのは……タカアキが奔走《ほんそう》して確保した音楽室である。何年か前、まだ吹奏楽部がこの学校にあった頃は、ここで日々練習が行われていたそうだ。板敷きの音楽室は、机や椅子を片づけるとなかなか広い稽古場となった。

ロクッパチに怒鳴られた櫛形は、冷ややかに一瞥したあと、

「……真っ直ぐ立ってみろ」

と短く言った。

「はあ？」

「真っ直ぐ、姿勢よく、立ってみろ。ほら、原と花粉症もだよ。ボケッとすんな」

「せめて名前で呼んでくれよ……」

タカアキが情けない声を出す。自分も一緒にチュチュを着る羽目になったのだと知ったときの顔は、なかなか見物だったのだが、俺にも笑う余裕はなかった。

わけもわからないまま、俺たちは一列に並んで真っ直ぐに立つ。

……立った、つもりだった。

「足一番！　手、アン・ナヴァン！　前だよ前！　胸開く！　肩下げる！　肘が低い！　ケツが出てんだよロクッパチ！　おらっ、原、顎引けよ！　誰が反れって言った、真っ直ぐ立つだけだ！　タカアキッ、踵浮かすんじゃねえ！」

ひとりひとりの立ち姿を、櫛形は布団でも叩くような乱暴な手つきで矯正《きょうせい》していく。俺は顎と肩位置を直されただけだが、ロクッパチとタカアキはほとんどどこもかしこも直されている。ケツまで一撃入れられる始末だ。

「よし。そのままの姿勢で三分間保てたら、朝練は勘弁してやる」

一分もしないうちに、ロクが俺の隣で情けないため息を漏らした。ハチはすでに前方に差し出した腕が落ちてきている。タカアキは身体がぐらつき、かくいう俺も相当きつい状況にある。体操とはまた別の筋肉を緊張させなければならない。

なるほど――これはえらいことだ。

「ぜんぜんダメじゃんか」

櫛形がフンと鼻で笑った。

三分後に、当初の姿勢が保てていたのはかろうじて俺ひとりだったのだ。

「アプロンのアの字もねーもんな。基礎ができてないんだから、あたりまえだけどな」

「櫛形、アプロンってなんだ」

俺の質問に、王子転じて鬼コーチは答える。

「安定性、垂直性。それがなきゃ、なんもできねーの、バレエってのは。あと、」

白い学校ジャージのポケットに手を突っ込んだまま、櫛形が両脚を前後にズズズズと開き始めた。足元は裸足である。

「柔軟性」

ペタリ、と顔色ひとつ変えずに前後開脚をする。

俺たちは「おお」とどよめかずにはいられなかった。

「ハラセンも、身体は柔らかいよな？」

俺が体操をやっていたと知るタカアキがそう言うが、柔らかいの次元が違う。そりゃ開脚はできるが、なんというか……櫛形のような滑らかさはないのだ。

「基礎がないところに、一分半とはいえ技術を無理矢理つけんだ。朝から晩までやってても、時間は足らないくらいなんだよ。朝練はやだー、なんて言ってたら恥かくのはおまえたちだぜ」

開脚姿勢のまま、櫛形が言い切った。

「どうだよ、ロクッパチ」

タカアキに問われた兄弟は、互いに顔を見合わせて、

「ロク、おまえ朝起きれっか」

「ハチが起きるなら頑張るぜ」

「そーだな。ママに目覚ましもうイッコ買ってもらおう」

ということで納得したらしい。

こいつらの場合、根が単純なので納得するといきなり素直になる。ある意味とてもやりやすい。

続けてタカアキは櫛形に向かい、

「ハラセンの放課後練習は六時半までにしてやってくれないか」

そう言い出した。

「はあ？　なんで」

「お袋さんが入院してる。面会時間は七時半までなんだ」

「えっ。そうだったのかよハラセン」

「あ、だからおまえそんないいガタイのくせに、部活なんもしてないのか」

ロクッパチの言葉に「まあな」と頷いて、俺は櫛形を見た。厳しいコーチはしばらく黙っていたが、やがて、小さく呟いた。

「毎日見舞いかよ」

「そうだ。……でも、学祭までは週に何度か行ければいい」

「おい、ハラセン」

「いいんだタカアキ。俺だけヘタクソなままなのも困る」

「けど、」

「安心しろ。おまえら全員、ヘタクソなまま本番になる」

タカアキの言葉を遮って、櫛形は床に置いてあったプレイヤーを持ち上げた。

「ただ、ヘタクソさのレベルが多少変わるだけの話だ……ほら、ストレッチから始めるぞ」

ゆったりとした音楽の中、俺以外の三人の悲痛なうめき声が聞こえ出す。

身体の固い彼らにとって、櫛形が背中に乗っかるハードなストレッチはほとんど拷問にも等しかったのだ。……俺は、ちょっと乗っかってもらいたいような気もしたのだが。

そんなふうに準備を始めてからは、時間が経つのは早かった。

一か月があっという間に過ぎ、五月も後半に差しかかっている。ゴールデン・ウィーク返上でステップを暗記した俺たちは、まさに必死だった。

足を覚えたと思ったら、今度は顔の向きを覚えなければならないのだが……これがまた脳から発火しそうなほどに混乱する。身体の上部と下部でまったく違う動きをするのが、ここまで大変だとは知らなかった。それに気を取られると「足が汚い！」と櫛形に怒鳴られ、パニックに陥《おちい》りながらも、ひたすら練習を重ねている。

俺もタカアキも真剣だが、想像以上の熱心さを見せたのはロクッパチのふたりだ。今も休み時間だというのに、教室の前の廊下でステップの確認に余念がない。

「いいか、ロク。クッペ、クッペ、クッペ、クッペ、ジュテ・アラベスク」

「そうそうハチ、パ・ド・ブレ、パッセ、クッペ、クッペ、クッペ……」

暗号めいた呟きは、バレエの『パ』というやつである。

ステップというか動きというか……このパを組み合わせることでバレエの踊りは成り立っているらしい。しきりに脚を動かす双子を、クラスメイトたちは最初のうちは笑って見ていた。だがふたりのいつになく真剣な様子に、次第にみんなもつられだす。

舞台装置や照明構成などの裏方組も気合いが入り、学祭ムードは日々高まっていく。

「最近、寝ても覚めてもチャイコが頭をグルグルしてんだよ……」

そう呟くタカアキは最初の一週間、全身筋肉痛で呼吸をするのもつらいと嘆いていた。四人の中で一番身体を動かしていなかったのだから無理もない。

しかも、日常ではまず使わない筋肉をものすごく使うのである。たとえば、足の裏だとか。

「俺、人生で足裏がこんなに攣《つ》ったことってないぜ……。けど不思議なんだよな。まだ花粉飛んでるはずなのに、あんま鼻水が出なくなってる」

「緊張感が高いときって、アレルギー疾患の症状は弱まるらしいぞ」

「ホントか？」

「ああ。テレビでやってた。身体が『マジやばい、アレルギーとかやってる場合じゃない』って判断するらしい」

俺たちは廊下で立ち話をするときすら、自然と『足は一番ポジション』になっている。踵同士をくっつけるあの形だ。もちろん１８０度に開くはずもないので、せいぜいが角度の広いハの字である。大切なのは、膝とつま先が同じ方向を向くことだと櫛形は言っていた。

「ちがーう！　着地の足が逆だろバカ！　プリエが半端なんだよ、ドゥミはもうちょっと深いの！　……深すぎ！　テンポに合わないだろ！　ちゃんと曲聞けよクソ音痴！」

罵声はロクッパチに稽古をつけている櫛形のものだった。王子も休み時間をほとんど返上してくれている。

「王子！　てめーもうちっと優しく教えられねーのか！」

「そうだ！　こちとらバレエは初心者なんだぞ！　あとなっ、そんな可愛いツラのくせに汚い言葉使うな！」

「ツラと言葉は関係ねーだろうが！　ほらほらほらっ、肋骨《ろっこつ》おっ開くな、だらしねえ！　でも股関節はちゃんと開け！　アン・デオールがなっちゃいねーんだって！」

クラスの連中が周囲に集まり、三人の掛け合い漫才みたいな様子を楽しんでいる。見物人の中から質問が飛んだ。

「王子、あんでおーる、ってなんだ？」

櫛形は質問者をチラリと見て答えた。

「外側へ、ってことだよ。身体を外に向かって開くのがバレエの基本だ」

「へー。なんで？」

「そうしないと股関節で骨が突っかかって、脚が上がらないだろ。こんなふうに脚を上げようと思ったら、」

うおお〜、と歓声が上がる。櫛形が自分の左脚を、身体の側面から上げたのだ。それこそ耳の横につくかというほどの真上にまで、つま先は真っ直ぐに、美しく。

「アン・デオールができていないと、こういう具合に上がらねーわけ」

すげえ、すげえ、と口々にクラスメイトが感嘆する。

「ちっ、自慢しいめ！　なら王子、こんなのはどうだよ！」

負けず嫌いのロクッパチが、今度は自分たちの得意技を披露する。

ロクは波打つような身体の動きを、途中でパキッとロックするようなダンスだ。ハチのほうは、ロボットみたいにカクカクした動き。マイケル・ジャクソンの昔のミュージック・クリップを彷《ほう》彿《ふつ》とさせる。今度は櫛形だけでなく、周りじゅうで真似をし始め、廊下は大騒ぎのダンスタイムである。

「いつのまにか、馴染《なじ》んでるよな王子」

「ああ」

タカアキの言葉に深く頷く。口の悪さは相変わらずなのだが、口数のほうはかなり増えている。むしろ口が悪いのはプラスに働いているのかもしれない。

すらりとした身体、整った王子様顔――それで話し言葉まで丁寧だったらできすぎだ。クラスメイトたちは敬遠するだろう。

騒ぎの中から抜け出し、櫛形がこっちに向かってくる。

「タカアキ。ちょっと思いついたんだけど」

「なんでしょう、王子」

櫛形は演目にストリートダンスを組み込む案を語り始めた。

無意識に俺とタカアキのシャツの袖を摑み、熱心に話す櫛形を見ていると、どれだけダンスが好きなのかが伝わってくる。そして、できることならずっと、この袖を摑んでいてほしいと思ってしまう俺は、ちょっとどうかしている。

「な？　だから『四羽の白鳥』をモチーフに、ラップっぽく弄ってもらってさ、ブレイクダンスとかも取り入れてさ。そういうのだったら、あと一か月でそこそこ踊れる奴もいるだろ？」

「なるほどな。ノリがよくなるよな、きっと」

「だろ。アクロバティックな技とかは……そうだ、おまえできるだろ原。床やってたんだから」

ぐい、とさらに袖を引かれる。身長差があるので話しにくいらしい。俺は内心ドキドキしつつ、櫛形に顔を近づける。シャンプーは桃から別のハーブ系に変わったらしく、どっちにしてもいい匂いで、掃除機みたいな深呼吸をしたくなる。

「どうだろう。しばらくやってないから鈍《なま》ってると思うぞ」

「やれよ。なんだっけ、あの、身体伸ばしてムーンサルトするやつ」

「もしおまえが伸身ムーンサルトのことを言ってるなら、難易度Eだ。オリンピッククラス」

後方伸身二回宙返り一回捻り。できるわけがない。

「ちぇっできねーのかよ。でも、なんとなく派手に見える技、ほかにもあんだろ……おまえ、今日は病院行くの?」

「ああ」

毎週金曜日は親父が残業の場合が多いので、なるべく俺が行くようにしているのだ。

「……じゃ、さ。見舞いのあとでいいから、ちょっと時間作れないか」

「いいけど、夜は学校に入れないだろう」

「俺の知り合いのスタジオ借りる。タカアキは来られるか?」

クラス委員は悔しそうな顔を見せてガックリ項垂《うなだ》れる。

「すまん。夜は家庭教師が来る」

父親のかけるプレッシャーのもと、学年トップの成績を保つタカアキの勉強量は半端ではない。俺たちの中で、今一番睡眠を取っていないのはこのクラス委員だろう。それでも決して文句を口にはしない。……まあ、そもそも、タカアキの親父さんへの反抗心がなかったら、この企画はなかったのかもしれないのだから当然といえば当然だが。

「そっか。ま、いいや。ある程度構想がまとまってから、ロクッパチにも説明する。原、あとでLINEすっから」

「わかった」

ちょうどそこで予鈴が鳴り、俺たちはぞろぞろと教室に戻っていった。

母は、今日も静かに眠っていた。

新しいタオルを出し、洗濯のために持って帰るタオルを紙袋にしまう。パジャマも新しいのを持ってきた。このあいだ父がデパートで買ってきたものだ。

「母さんは、こういう柄《がら》が好きだったよな」

そう言った父に、俺はウン、と小さく同意した。白地に薄いピンクの小花。生地模様は可愛いけど、デザインはあっさり。そういうのが母は好きだった。

枕元に座って、しばらく顔を見ていた。

日中いくつかの検査があったと聞いている。きっと疲れたのだろう、目を覚ましそうにない。病院の中を車椅子で移動するだけでも、今の母には重労働なのだ。

小一時間をそうやってすごし、もう顔なじみの師長さんに挨拶をして病院を出る。五月の気持ちいい夜風を受けながら歩いていると、携帯が新着トークを知らせた。櫛形が、スタジオの場所を知らせてきたのだ。

駅まで戻って、電車で十五分。

ふだんはダンス教室になっているスタジオに俺は到着した。

ドアを開けようとして、かすかに漏れ聞こえる音楽に気がつく。小さな窓のついたドアから中を覗くと、壁際にくっついた手すり……バーというやつか？　それに摑まった櫛形が柔軟体操みたいなことをしていた。

バーに摑まった、という表現は正しくない。実際は、手は軽く添えられているだけだ。たぶん櫛形は、バーがなくても同じことができる。

きれいに反る身体。真っ直ぐな脚、しなやかな腕。指先まで意識された動きが、宙にきれいな弧を描く。どうしてあんなに繊細に、身体をコントロールできるのだろうか。自分が思っている通りに動く、というのは、実はものすごく難しいことなのだ。

しばらく見とれてから、俺は重い防音扉を開けた。

「おせーぞコラ！」

途端に発せられた威勢のいい挨拶に、俺は苦笑する。

櫛形はTシャツの下に、伸縮のよさそうな黒いパンツをはいていた。シューズはクタクタに履きこまれた布製で……きっとこれがバレエシューズなのだろう。俺が同じ格好をしたら大爆笑ものだが、櫛形だと実に可憐だ。鞄《かばん》に入れてそのまま持って帰りたい。

「ほらほら、ここ座れよ。な、俺考えてみたんだけどな。最初におまえらが『四羽の白鳥』を踊るだろ？　そのあとヒップホップ・バージョンにしたやつを入れるとしたらさ」

床にペタンと座り込み、授業中にいろいろ考えたらしきノートを広げて櫛形は説明を始める。

「これ、フォーメーションな。バックの群舞にあと十人欲しいな。そんなうまくなくてもノリのいいヤツならいい。お祭りだもんな」

その額には汗が浮かんでいた。Tシャツの胸にも染みができている。ここで、ひとりで、どれくらい踊っていたのだろうか。

「で、導入ンとこでさ、おまえにバック転とかしてもらって、観客にオオッて言わせて、」

「おまえは踊らないのか」

突然の俺の質問に、ノートをなぞる櫛形の指が止まる。

「……俺は、いいんだよ」

動揺を押し殺した、硬い声だった。

下を向いたままの顔も、俺を見ようとはしない。

「だってよ。脚が、まだ」

「体育ができる程度までには、回復してるんだろう?」

「………」

「なにもコンクールに出ろって言ってるわけじゃないんだ。短いのだったら、踊れるんじゃないのか?」

くしゃ、と櫛形が草案を書いたページを握る。伏せられた睫が震えていた。

「簡単に、言うな」

掠れた声とともに、真っ赤な目が俺を睨む。そんな顔をされると、小さなうさぎをいじめているような気分になる。

「……十二年、だぞ」

櫛形は上擦《うわず》った声で俺を責める。

「五歳から始めて……十二年、文字通りバレエ漬けの生活だった。女の子ばっかの稽古場で、居心地悪い思いもしながら、けど腐らず続けてきた。……俺は、天才肌じゃない。どっちかっていえば不器用だったから、レッスンも人一倍やらないとうまくなれなかった。いや、三倍くらいやった。もっとかもしれない。シューズはすぐに穴が空いて、ボロボロになって……。イギリスに留学して、小さなコンクールからコツコツ実績積み上げて、やっとでかいコンクールで、予選を通過して……」

声が詰まる。

泣いているのかもしれなかった。けれど俺はそれを確かめない。俺だったら、泣いてるところなんか見られたくないと思ったからだ。

「その本選直前で……靱帯切って入院した、俺の気持ちが、おまえにわかるかよ?」

問われて俺は、首を横に振る。

「いや。わからない」

わかるはずないだろう、櫛形。

努力したのも、苦しんだのも、転んだのも、おまえだ。おまえの痛みは俺にはわからない。想像くらいはできるけど、それをわかるとは言えない。言ってはいけないような気がする。

ヒクッと肩を揺らした櫛形の頭の後ろに触れる。

「おまえがどれだけ悔しいかわかるのは……おまえだけだろ、櫛形」

俺の大きな手のひらは、櫛形の後頭部を包み込んでしまう。

「俺が『わかるよ』なんて言ったら、おまえは怒るだろう？」

そのまま、胸に引き寄せる。

櫛形はされるままだった。両腕はだらりと下がって抱きついてはこなかったけれど、俺の制服の胸に顔を擦りつけて、ときどきしゃくり上げながら、涙と洟を拭く。櫛形の鼻水なら構わないと思う自分が、ちょっとばかり怖い。

痛みも、苦しみも、悲しみも、全部おまえのものだ。

いくらかでも、俺が引き取ってやりたいと思うけれどできない相談だ。たぶん、誰もがそんなふうに生きている。俺はなにもできない。してやれない。その悔しさを受け入れながら、唯一できるのはそばにいて話を聞くことくらいだ。

「……もう、バレエなんかたくさんだ」

不安定にビブラートする声で、櫛形は吐き捨てる。

「嫌いになったのか」

「そうだよ……もう関わりたくない。あんな思いをするのは真っ平だ。それに、万が一復帰できたとしても……俺にはどうせ、プロは無理だ」

「なんで決めつける」

涙はもう止まったのか、櫛形はため息をついて呼吸を整えた。はぁ、と小さく聞こえた息の音に、俺の心臓がバクンとなにかを主張し始める。

まずい……。なんだろう、この衝動は。

「タッパが、足らねー。この身長じゃ女の子をリフトすんのは難しいんだよ」

細い指が、俺の腕に軽く触れた。その部分から、熱が広がる。

乾いた綿花に火種を落としたように、瞬く間に……広がる。俺は動揺していた。

抱きしめたい。骨も砕けんばかりに。

「これから伸びるかもしれないだろう」

「期待薄だな。家系的にもそんなにでかいのいないし。……イギリスのバレエ学校が俺を見放したのは、それもあるんだ」

確かにバレエでは男性ダンサーが女性ダンサーを高々と、かつ軽々と持ち上げている。あれができないと、バレエにならないわけか……。

「しかも、女の子はポアント……トウシューズ履いてつま先で立つ。だから、男は最低でも一七〇なきゃ、国内のバレエ団だって入れねーよ」

小柄でもバランスはよくて、可憐で、可愛いのに、櫛形としては欠点でしかなく、大きなコンプレックスになっているわけだ。いっそ俺の身長を分けてやりたいくらいだが、これればかりは切り貼りできるもんじゃない。

「だけどおまえ、踊りたいんだろ」

俺がそう言った途端、ぴくんと反応する身体が愛おしい。

「勝手に決めるな」

「そう見える」

「…………なんで」

なんでだろう？　ただなんとなくそう感じるのだ。

「櫛形は、鳥みたいなんだ」

「はあ？」

「イメージだ。イメージ」

櫛形のイメージはいつも飛んでいる。重力なんか無視して、自在なステップを踏み、両手を広げて空に向かっている。

逆光の中の、眩しい鳥みたいに光っている。

……とまでは語らなかった俺をクスッと笑って、櫛形が胸から顔を離す。

「おまえって、ホント独特な」

俺も頭の後ろに当てた手を離そうと思うのだが、どうしたことか離れない。この小さな頭はあまりにも触り心地よく、離しがたい。

「あんま喋らねーから、なに考えてんのか、イマイチわかんねーし」

「……そうか？」

座っていても座高差がある俺を見上げるように、櫛形が自分の頭を手のひらに預けてくる。突き出された顎のラインに俺の目は奪われる。

「なんも興味ないって顔してるかと思えば、バレエなんかに真剣に取り組んじゃってるしよ」

「みんな真剣だろ」

「……ま、そうだな。ヘタクソなのはどうしようもねーけど……なんつーか……」

言葉を探す小さな唇。

ちらちらと見え隠れする白い歯。

そんなものがどうしてこうも気になるんだ俺は？　人間に口がついてて、口の中に歯が生えているのは普通じゃないか。みんな同じじゃないか。なぜ櫛形だけが特別に思えてしまうのだ。

「なんつーか、楽しそうで、いいよな」

「おまえも楽しめばいい」

「おまえらシゴくのは、そこそこ楽しいぜ」

そう言って、笑う。

王子の笑顔は、俺の中の回路を焼き切るのに充分な威力を持っていた。

顔をゆっくり近づける。

櫛形は目を開けたまま、ぽかんとしている。

俺がなにをしているのか理解できないようだった。俺自身も自分がなにをしているのか理解しきれていなかった。ただ身体が勝手に動く。櫛形の頭を支えていた左手を引き寄せ、右手で頬を包み、唇の端を親指の腹でそっと撫でた。

「え……？」

ピクッと櫛形の瞼《まぶた》が震え、声が漏れる。

やめろでもバカ野郎でもない……小さく戸惑うような声。

俺を見たまま、動かない。逃げようとはしない。それが承諾の意味なのか、単に固まってるだけなのかはわからない。だがわからないほうが都合がよかった。今の俺は、情けないことに相手の気持ちを考える余裕がない。自分の中に湧き上がった衝動にうろたえるだけで手一杯なのだ。

キスしたい。キスしたい。キスしたい。

頭の中に充満した衝動が、耳から溢《あふ》れ出そうだ。

顔が近づく。互いの吐息を感じるほどの至近距離になったそのとき――携帯が鳴った。

びっくりした。心臓が口から出るかと思った。

それは櫛形も同じだったらしい。我に返った猫が飛び退くように俺から離れ、「な、なっ、鳴ってる！」と言った。俺も「あっ、うん、はい」と混乱しつつ言って、あわあわとスマホをポケットから出す。ものすごく顔が熱い。たぶん俺は真っ赤になっている。

けれど……発信元を見て、顔の熱さなどかき消える。

顔だけじゃない。身体じゅうが一気に冷えて、指先が凍《こご》え、スマホを落としかけた。

「原……？」

櫛形の声が遠い。すぐそばにいるのに、なんでそう感じるのだろう？　まるで水の中でおまえの声を聞いているみたいだ。

俺は通話ボタンを押す。

「……もしもし。……はい。そうです。息子の、宣広です」

看護師長さんが『落ち着いて、聞いてね』と言った。

第二幕

少年はスワンを目指す

部屋の中には、独特な緊張感が漂っていた。

タカアキがT字カミソリを構えたままの姿勢で、俺に聞く。

「……なあ王子。従姉《いとこ》に聞いたんだけどマシュー・ボーンって人がさ、男だけの『白鳥《はくちょう》の湖《みずうみ》』ってのを作ったんだって？」

その質問に、俺は「ああ」と頷《うなず》きかけ、慌てて首を横に振った。間違っていたからだ。

「キャスト全員が男ってわけじゃない。白鳥は男だけど、女性ダンサーも出てる」

「えっ、じゃあ男の白鳥はやっぱチュチュ着てんのか？」

続いたロクッパチの質問にも「違う」と答える。タカアキの部屋はごくありふれた六畳間だ。男四人が入っていると、なんだかむさ苦しい。

「チュチュは着ない。衣装はオリジナルだ。上半身は裸で、足には白鳥の羽毛をイメージした膝くらいまでのパンツをはいてる。女装じゃなくて、オスの白鳥なんだよ。斬新な解釈が面白い。95年が初演で、アダム・クーパーが踊ったんじゃなかったかな……。言っとくけど、コメディじゃねーぞ」

そして、部屋に漂うのは、シェービングクリームの香り。

「王子、俺たちもそういう衣装でやんないか？　チュチュじゃなくてもいいんじゃないか？」

いまだカミソリを当てないまま、タカアキが未練たらしいことを言っている。ロクッパチの視線も心なしか縋《すが》るようだ。

「どっちにしろ、毛は、剃《そ》れ」

揺るぎない俺の返事に、三人の頭がガクンと落ちた。

「タイツの下で毛がウネウネしてんのもイヤだし、タイツなしなら裸足だ。なおさらスッキリしてないとな」

俺以外の三人はズボンを脱ぎ、カミソリとシェービングクリームを手にしたマヌケな状態で、ハァ〜ハァ〜とため息をつきまくる。ったく、たかだかすね毛くらいで、うっとうしい奴らだ。

なぜ健康な男子高校生たちが、すね毛をソリソリしなければならないのか。

理由は簡単だ。六月半ばに開催される、鈴鳴《すずなり》学院高等部『すずなり祭』にて、二年A組は『男子バレエ』を披露するからである。

「ああ……。さようなら、俺のすね毛くん」

大げさなセリフを吐き、醍醐《だいご》タカアキがゾリ、と膝の下からシェービングを始めた。

そんなに嫌なものか？　もともと体毛の薄い俺にはよくわからない。すね毛なんて、剃ったってまた生えてくるじゃないか。

「……こんな姿、ママには見せられないよな、ロク」

「まったくだなハチ。ママは卒倒しちまうかもしんないぜ」

今井鹿《いまいろく》と波千《はち》、合わせて通称ロクッパチはヒップホップに傾倒している双子で、わりとマザコンだ。このふたりとタカアキと、もうひとり原《はら》という同級生……以上四人がかの有名な『四羽の白鳥』を踊る。

しかも、全員ド素人《しろうと》。かろうじて、原だけは中学まで体操をやっていたので身体の柔軟性は高い。が、音感はイマイチ。逆にロクッパチは音感は悪くないが、踊りにストリートダンスの癖がついている。タカアキはバレエに関する知識は多少あるものの、知識で手足は動かない。

となれば、コーチする俺の苦労は並大抵ではない。

今日だって、いよいよ二週間後に近づいてきた本番に向けて、タイツの試着をさせてやるのだ。バレエに縁のない野郎どもにとって、この白タイツというのはものすごくハードルが高いらしい。ということで、あらかじめ慣れさせておかなきゃならない。これでもいろいろ考えてんだよ、俺だって。

「ブツブツ言うな。タイツの下で毛が絡まったらキモいだろうが。そもそも、学祭でバレエやるなんて言い出したのはおまえらなんだぞ。転校したての俺を巻き込みやがって」

「えー、でも最近じゃ、王子も結構楽しそうじゃん」

「そりゃ……」

タカアキにそう言われ、俺は言葉に詰まった。確かに、やり始めてからは……まあ、思ったよりは楽しい。それに関して、一番驚いているのは俺自身だ。

「なあ。楽しいだろ、ちっとくらい」

「……ちっとは、な」

片脚をツルツルにし終えたクラス委員が、ニッと笑う。なんか悔しいが、多少楽しいのは本当だ。そもそも、以前は学校生活そのものに関心がなかった。なかったというか……関心を持つことが難しかった。バレエのレッスンは、基本毎日ある。当然部活はできないし、学校行事も積極的には関われない。留学を決心してからは進学のことも考えなくなった。

「なー、王子って何年くらいバレエやってたんだ？　あれってガキの頃からやってないとダメなんだろ？」

Shaving Cream

黒地に黄色いトカゲの絵が入ったビッグTシャツの下から、にょきっと毛深い脚を出しているロクに聞かれ、俺は短く答えた。

「十二年」

「すげー。五歳からってことじゃん。でも、なんで留学やめちまったんだよ?」

今度はハチだ。こっちのTシャツは黄色に黒いトカゲの絵。お揃《そろ》いが好きなこいつらは双子の兄弟で、最初のうちは転入してきた俺にやたらと絡んできたが、今じゃ昔からの友達みたいに馴《な》れ馴《な》れしい。けど俺も、その馴れ馴れしさが、そんなにいやなわけじゃなく——普通の、学校の友達って、こんな感じなのかとちょっと新鮮だ。

「ま、ホラ、人にはいろいろ事情ってモンがあるわけで……」

気を遣ってくれてるタカアキの言葉を遮り、俺は答える。

「怪我して、続けられなくなったから」

思っていたより、サラリと言うことができた。タカアキは担任から聞いて、すでに事情を知っている。つまり、俺の挫《ざ》折《せつ》の顚末《てんまつ》を。

大きなコンクールの直前、俺の未来は突然閉ざされた。

稽古場《けいこば》で転倒する寸前、自分の脚からなにかが弾けるみたいな音が聞こえた。靭帯《じんたい》断裂。そのまま入院して、コンクール決勝は欠場。リハビリがすんでも、元の脚に戻れる可能性は低い——医師の判断を聞いたときは、信じられなかった。

完治しない?

舞台に立てなくなる?

そんなわけがないじゃないか。俺からバレエを取ってしまったら、いったいなにが残る？　ほとんどの時間を、バレエに捧げてきたのに？

きっと奇跡が起きる。

そう信じて手術を受け、リハビリに励んだ。

けれど俺の脚は……信じられないくらい、重く、鈍くなっていた。

「あー、でもアレだろ。いつかは、ケガも治るんだろ？」

「だよな。だって王子、もう体育も出てるけどよ、ぜんぜん普通じゃん」

そう言ってくれるロクッパチが、根は悪い奴ではないことが、俺にもすでにわかっている。ケンカっ早いところはあっても、一度身内になったら情に篤《あつ》いタイプらしい。

「ケガしてから一年だからな。日常生活に支障はない」

歩いたり、軽く走ったり。

授業の体育くらいは、問題ない。

けれども奇跡が起きたわけでもない。俺の膝は元には戻っていない。どんな種類のダンスもそうだが、バレエは特に脚に大きな負荷がかかる。今の状態では、短い演目ひとつ、満足に踊れやしない。人様に見せられるレベルじゃない。

……舞台が、遠ざかる。

プロのバレエダンサーになる——俺の夢は、現実になるはずだった。

そのための努力は惜しまなかった。勉強も、友達づきあいも後回しにして、ろくろく英語も喋れないまま日本を離れ、ひとりで踏ん張ってきた。

身長だけは思うように伸びてくれなかったが、十八、九でグンと伸びる奴もいるんだと、諦めてはいなかった。

そういうなにもかもが、無駄になった。

リハビリを受けていた病院の屋上で、ちっともよくならない脚に向かって罵声《ばせい》を浴びせた。悲しみよりも怒りと憎しみが勝っていた。転んだ自分に怒り、治せない医者に怒り、この運命を憎んでいた。

そのうち、バレエすら、憎くなった。

最初からバレエをやっていなければ、こいつらみたいに、普通の高校生だったら……そんなふうに考えるのは本末転倒だとわかってた。それでも八つ当たりする対象が俺には必要だったし、そうやって怒っていなければ、とても気力を保てなかったんだと思う。情けないとは思うけれど、死にたいと思ったことも、一度や二度じゃない。

死ぬよりは、怒っていたほうがましだ。だから、二度と踊るもんかと憤《いきどお》り続けていた。

なのに、あいつは……原は言うんだ。

(だけどおまえ、踊りたいんだろ)

原の静かな目は不思議だ。

俺の上っ面《つら》だけではなく、もっと奥のほうを見ている。表面には現れないなにかを、見透かされているみたいで、目を合わせるとドキドキする。

たぶん、俺は踊りたい。

頭ではもうやめろと思っても、身体は正直だ。筋肉も関節も、踊りたくてうずうずしている。

そりゃそうだ。ガキの頃から、俺が一番好きな場所は稽古場と舞台で、一番落ち着ける場所もそこだった。小さい頃にバレエを習っていても、中学進学でやめてしまう子は多い。女の子でもそうだし、男子ならなおさらだ。でも俺は一度もやめたいと思わなかった。どういうきっかけで、バレエが好きになったのか、もう覚えていない。気がついたら踊っていて、七歳のときにはもう「クロワゼで五番、クペを通って一番アラベスク、プリエでパ・ド・ブレ」と言われたら、すぐに動くことができた。

……なのに、この膝ときたら。

こんなにも踊りたがっている自分を認めてしまうと、怒りと憎しみは鎮《しず》まり、代わりにゆっくりと悲しみが育ってゆく。自分がこんなに悲しんでいたことに、自分でびっくりだ。

眠る前、舞台を思い出して胸が苦しくなる。

音楽が頭の中で鳴りやまずに、眠れなくなる夜もある。

夢も見る。俺は緊張しながら袖に立ち、やがて出番がやってくる。『青い鳥』を踊る。本物の鳥のように身体は軽い。今日は調子がいい。とてもいい。

ほら、俺は跳《と》べる。

跳べるじゃないか——飛べる。

だが突然、チャイコは途切《とぎ》れて目覚ましが鳴る。

俺はベッドから脚を抜き、パジャマを捲って手術の痕を見つける。疑いようのない現実を見つけて絶望する。そんな朝を、何度か繰り返した。

「けどよハチ、こないだの通し稽古ンときは盛り上がったよなー」

「おお、クラスの連中も最初は爆笑してたけど、途中からだんだん『すげえじゃん』っていうノリになってきてよ。気分よかったぜ。なあタカアキ」

「そうだな。王子の厳しい指導の賜《たまもの》だ」

洗面器にカミソリを泳がせながら、タカアキが言う。

「あたりめーだ。俺のおかげに決まってら」

わざと偉そうにして、そう返す。……正直、こいつらがいてくれて助かってる。気を紛らわすものがないのはつらい。

「タカアキ、あいつは……原はどうしてんだよ」

一番気になって、でもなかなか聞けなかった質問をする。

昨日の夜、原に病院から緊急の電話が入ったとき、俺も一緒にいたのだ。病院には原の母親が入院しており、容態の急変を知らせる電話だった。

「キヨちゃんの話だと、とりあえず今日はお袋さんについてるそうだ。集中治療室にいるらしいから、授業に出たところで、なんも頭に入らないだろう」

集中治療室……。

俺はよく知らないけど、あの部屋にいる人って、かなり容態が悪いんじゃないか。

「原のお母さんって……もうずっと入院してんの？」

「スズ高に来たときには、入退院の繰り返しって感じだったみたいだな。俺も詳しくは知らないんだよ。ハラセンはあんまりそのこと話さないし」

「そっか……。あいつが体操やめたのって……お母さんの病気のせいなのかな？」

うーん、と首を捻《ひね》りつつ、タカアキが洗面器でカミソリを濯《すす》ぐ。

「どうだろうな。聞いたことないけど……ま、毎日のように見舞いに行ってりゃ、体操どころじゃないもんな」

「なによー、ハラセンとこってそんな大変だったのか。あいつなんも言わんしなー。しかもいっつも同じ顔してっしよー」

「中坊ンとき、体操でイイ線行ってたのは誰かから聞いたことあっぞ、俺。諦めなきゃなんねーのは、やっぱつらかったんじゃねえの？　俺だったらめちゃ凹《へこ》むし」

兄弟で脚の触りっこをしながら、ロクッパチがそう言った。

そうなんだよな。自分のしたいことが、したいだけできる人間なんて、実はほんの少しなんだ。経済的な事情や、家庭事情や、俺みたいな怪我や……いろいろあるんだ。あるほうが普通だ。可《か》哀想《わいそう》なのは、俺だけじゃあない。

と、頭ではわかるんだけれど……。気持ちはそうそうポジティブにもなれないのが難しいとこだ。やっぱ自分のことが一番悔しいし、悲しい。俺は世界的なカンパニーに入って、ソリストになって、大舞台に立って思いきり踊りたかった。喝采《かっさい》を、浴びたかった。そのためなら、どんなにつらいレッスンだって……。

「なー、王子、マジで俺らにチュチュ着せる気か？　ここまできて恥ずかしいとは言わねーけど、ウケないで引かれちゃったらどーすんだよ？」

脚に保湿クリームを塗り終わったロクが真剣な顔で聞き、悲劇的な気分に浸りかけていた俺は当面の問題に引き戻される。

踊るのが『四羽の白鳥』である以上、衣装は白いチュチュが正統だが、確かに揃いも揃って一八〇を超すこいつらに着れるチュチュなどない。特注すれば予算オーバーだ。まったく、なに食ったらこんなでかくなるんだか……。ちなみに、振り付けは当然ながら超簡略版にしてある。だいたい、女性パートなので、俺だって自分で踊ったことはない。動画を見て覚えるのはそれなりに大変だったのだ。

「それによ、バレエで踊ったあとに、ヒップホップバージョンに移行するじゃん？　マジ、チュチュじゃトリッピンしようがないぜ」

「なんだよトリッピンって」

「ノらねーってこと」

俺だって、本音じゃおまえらのチュチュ姿なんか見たかない。

あのときは『恥かかせてやるっ』と熱くなっていたが、今になってみればそんな勢いだけで、歴史あるスワンレイクの衣装を使うのも、失礼な話だ。チャイコフスキーが草葉《くさば》の陰で号泣するだろう。化けて出られても文句は言えない。

男性だけのバレエ団というのは実在するし、そこでは男性ダンサーがチュチュで踊るが、時にコミカルな演出をまじえながらも、実際は確かな技術で裏付けされている。そもそも、身体の重い男性ダンサーは、ポアントで立つだけでも大変なのだ。

「けど、ヒップホップ系ファッションってのはビッグ・シルエットだろ。バレエは身体の線を見せるのが基本なんだよ」

「それはわかる。ちょっと齧《かじ》っただけでもすごくわかった。タカアキ、いい考えねーの？」

自分の脚を蒸しタオルで拭きながら、しばらく考えていたタカアキは、

「全身白タイツでどうだ？」

と提案して、ロクッパチから二連発のケリを入れられたのだった。


翌日も原は学校に現れなかった。

俺はさんざん迷った末、授業を終えてから原のいる病院に向かった。

『四羽の白鳥』の振りうつしは終わり、タカアキとロクッパチは全体練習に入っている。一日くらい俺が抜けても大丈夫だ。

電車に揺られながら、考える。

行ったりしたら迷惑だろうか。だいたい、行ってなにをするつもりなんだ。あいつに……原に、なにを言ってやればいいんだ。

元気出せよ、とか？

お母さん、きっとよくなるよ、とか？

けど、原はそんな言葉を望んでいるんだろうか？

あいつのことは、よくわからない。とにかく考えが顔に出ないタイプなので厄介だ。

いきなり人のこと担《かつ》ぎ上げたり、まじまじと観察するように眺めたり、子供にするみたいに頭を撫でたり。

そうかと思うと……なんか、変に、接近してきたり。

あの夜のことを思い出して、俺はひとりで顔を熱くする。なにあれ。まるでキスするみたいな距離だった。そりゃイギリスにいた頃は、よくキスされた。向こうの連中から見ると、俺はすごく子供っぽく見えるらしくて、下宿先のマダムなんか、しょっちゅう俺をハグしちゃ頬にチュッ、だ。子猫じゃねーっつーの。けど、さすがにマウストゥーマウスはなかったし、そもそもバレエ三昧《ざんまい》の生活で、女の子とだってあんな接近したことはない。レッスンの時は別だけど、レッスン中の女子なんか男より男っぽくて、俺なんかよく「しっかり支えて！　重心そこじゃない！」なんて怒られていた。あの子たちがプリンセスなのはうわべだけで……言っとくけど、これは褒めている。フワフワヒラヒラ、苦労知らずのお姫様じゃバレエは踊れない。

ということで、俺はまだ同年代の女子にもときめいたことなんかないのだ。

なのに、なんであいつの顔が接近してきたとき、心臓がドドドッと動いた。あれって、いわゆるひとつの「ときめいた」なのか？　だとしても、なんで俺があいつにときめかなきゃなんねえの？　意味不明だろ！

原のことは……そりゃ、べつに嫌いじゃない。少なくとも今は。

最初に体育館で会ったときはすごくムカついた。盗み見られたような気分がしたからだ。それも、姿形じゃなくて心の奥のほうまでズカズカ入り込まれたみたいで、めちゃ腹が立った。

あのとき俺は、平均台の上で、いったいなにを考えていたんだろう？

自分ではよく覚えていない。ただぼうっとしていた。無意識にルルべして爪先立ち《つまさきだち》していたのだけは記憶にある。なにも考えていなくても、俺の身体はいつも踊りたがっているのかもしれない。壊れた膝は、なかなか諦めをつけてくれない。もしかしたら、と何度も考えたがる。

どうやったらざわめく筋肉細胞を宥《なだ》められるのか――誰か教えてほしい。

病院に着いたのは、夕暮れ時だった。

集中治療室には家族しか入れない。看護師さんに原が来ていないかと聞くと、さっきまでいたんだけど……と教えてくれた。待合室まで移動して、ダメモトでＬＩＮＥを送信してみる。病院の中だから、電源は落としているかもしれない。

《今どこ？》

思いがけず、即座にレスが入った。

《病院の屋上》

また屋上かよ。ホントに高いとこの好きな奴だな。

俺は五階までエレベータを使い、そこからは階段で屋上に向かった。急ぐ必要もないのに、小走りになっている。なんとなく、原が俺を待っているような気がした。理由なんかなにもないけれど、そう思った。

「………櫛形《くしがた》？」

ほら、やっぱり驚かない。いつもと同じ、なんかオッサンくせえ落ち着きすぎた顔。

原は、入院患者が憩うためのあずまやにひとりで座っていた。俺が来るのを知ってたみたいに、いつもの静かな視線でこっちを見る。

「……おまえって、マジ屋上好きな」

隣に腰掛けながらそう言うと、少しだけ笑った。ふだんはほとんど笑わないくせに、なんでこういうときには笑うんだよ。

「悪いな。練習行けなくて」

「ンな場合じゃねーだろ」

「でも『三羽の白鳥』じゃ格好がつかないだろう」

「練習なら俺が代役で入る」

言ってしまってから、やばい、身長差がありすぎると気づいた。俺は一六六しかないのだ。

「そりゃ、踊りにくいんじゃないのか？」

「う、うっせー。どうせ俺はタッパねーよ」

そうじゃないよ、と原が補足する。

「ひとりだけうますぎると、やりにくいだろうと思ったんだ」

正しい意見だった。あいつらと俺では月とスッポンも甚《はなは》だしい。

「俺も……なるべく早く戻りたいんだけど」

その先の言葉を、原は探しているようだったが、うまく見つからなかったらしい。結局そのまま黙っている。俺もどう返したらいいのかわからなくて、一緒に黙っていた。それでも間がもたないこともない。

暗くなりだした屋上庭園は、人影が少ない。

歩行練習をしていたおばあちゃんが、俺たちの前を通りすぎていく。

引きずる足、なにかを堪《こら》える表情。痛いのはどこだろう。膝か、腰か。それとも全身だろうか。病院は苦手だ。

自分が外科にいた頃を思い出す。わがままな患者でずいぶんと迷惑をかけた。日本に帰ってきたことが悔しくて、わざと英語で看護師さんを罵《ののし》ったりした。バカだ。

原は、どうなんだろう。

落ち着いて見えるけど、実際は俺よりひとつ年下なわけだし……なにかに八つ当たりしたくなったりすることも、あるのだろうか。

「生まれつき心臓が弱くてな」

突然、原が話し始める。

「えっ。そのガタイで？」

「違う違う。うちの母親だ」

「あっ、そ、そうか。そうだよな」

「俺を産んだときも、死にかけたらしい」

「……おまえ産むの、大変そうだもんな……」

俺は真剣にそう言ったのに、原はプッと噴き出した。

「えっ。いや、違う！　べつにそのままのサイズで出てきたとは思ってないけど、おまえなら赤ん坊の頃からでかかったんじゃないかと……そ、そんなに笑うんじゃねーよ！」

俺が真っ赤になって怒ると、原は上体を丸くしてますます苦しげに笑い続けた。こいつがここまで笑ったのは初めて見る。

「そっ、そんな笑うと帰るぞ！」

「ハハ……いや、櫛形、待ってくれ。悪かったよ。帰らないでくれ。ここに……いてくれ」

手首を掴まれて頼まれるとイヤとは言えない。浮きかけた尻をベンチに戻し、俺はそっぽを向いた。まったく、せっかく来てやったのにそんなに人を笑うとは失礼な奴だ。

「えーと、なんだっけ。ああ、お袋の話だ。まあ、とにかく心臓だからな。気をつけなきゃならないってことで、俺はガキの頃から親父に言われ続けてきたんだよ。お母さんに心配をかけるなって」

ゆっくり、顔を戻す。

原はもう笑っておらず、いつもと同じ、穏やかな目をしていた。

「まあ、どこの家でも言われることだろうけど。うちの場合、心労が発作に関係してるから、ちょっと事情が違った。俺はお袋が好きだったからな。子供なりに、心配かけまいと努力したよ」

「ふうん……そっか」

子供の頃の原を想像してみる。そのままのサイズにランドセルしょわせるとただのギャグなので、ちゃんと小さくして、顔も子供にして……でも目がとても静かな小学生。

「いっとき、かなり調子がよかった頃もあったんだけど……俺の出た大会を見に来てくれたり、近場に旅行したり。でもここ三年くらい目が離せない状態が続いてて」

「なんか、大変だな」

「そうでもないさ。親父のほうが気苦労が多いと思う」

サラリと言える原をすごいと思った。

こいつに比べたら、俺ってすげーガキだ。いつも自分のことしか見えてない。家族のことだって、ほとんど考えたことなかった。俺ひとり留学させるのには、金銭的な面も込みでいろいろ苦労があったはずなのに、しかもそれが無駄になって、けどうちの両親はなにも言わなかった。荒れる俺を可哀想に思ったんだろう、甘やかして、それが俺をますます増長させた。

「おまえってえらいじゃん……いろんなとこに気ィ遣って生きててさ」

「いや、そういうつもりはないけど……もともと身体がでかいわりに大人しい性格だったからな、俺。でも多少は関係してんのかな……我慢グセっつったらヘンだけど、あんまりわがまま言うタイプじゃないし。そのせいか、よく人に言われるんだよ」

「なんて」

「顔に出ないから、なに考えてんのかわかんないって」

「そら、おまえ、その通りだよ」

「敵はできないけど、仲のいい奴もあんまりいない。タカアキくらいだ」

「ダチは数じゃねえよ。それに、少なくとも嫌われてはいないだろ。みんなおまえに一目置いてるっぽいし？」

「そうかな」

「俺だって、おまえが悪いヤツじゃないのは、わかるし……」

「本当に？」

「ン」

なんだか照れくさくなって、身体ごと右側を向いて原の視線から逃れた。

ほてった頬に冷たい風が当たる。気温がちょっと下がってきた。ベンチの上に足を載せ、俺は自分の膝を抱えて縮こまる。

ふいに背中が温かくなる。

うなじに、原の吐息を感じて——俺はもう動けない。

「櫛形」

原の長い両腕が、俺を包み込む。

「来てくれてありがとう」

声はすぐそばで聞こえる。俺の後頭部に原の額がくっついているから、直接頭蓋骨《ずがいこつ》に響き、耳に届く。とても優しい声だった。そうなんだ。こいつはすごく優しい。俺はもう気がついていた。なに考えているんだかよくわからないのも本当だけど、優しいのも本当だ。

もしかしたら、俺は最初からこいつが優しい男だとわかってたのかもしれない。だから誰よりもこいつに突っかかり、睨みつけ、乱暴な口をきいて、甘えていたのかもしれない。

うわー、なにそれ。超みっともない話だ。

「おまえからＬＩＮＥ来たとき、まさかと思った。本当に顔が見れたときは……嬉しかった。ありがとう」

そんなに、言うな。俺みたいな奴に、礼なんか言うな。

ああ、なんだか、自分が恥ずかしくなってきちまう。顔も身体も、熱くなってくる。

「早く練習再開して、おまえと踊りたい」

原の言葉が心にくすぐったい。

「俺は、踊らないってば」

「そんなこと言うな。一緒にやろうぜ?」

「だから俺は、」

ぎゅっ、と腕の力が強まると、もうなにも言えなくなってしまう。俺よりずっとでかい身体が震えていた。まるで俺に縋っているみたいだ。

俺は原の袖を強く摑む。ちくしょう……俺、なんもしてやれない。

さんざんおまえに突っかかって甘ったれたのに、俺はなんの力にもなってやれない。

「場合によったら……学祭に出られないかもしれない」

バカ。そんなこと、言うな。大丈夫だよ、お袋さんは大丈夫だよ、きっと。

そう言いたいけど、言えなかった。医者でもない俺になにがわかるっていうんだ。安易な気休めは無責任すぎると思った。

「そうしたら、ごめんな」

原の声がわずかに上擦《うわず》る。泣いてはいないようだけど、語尾が不安定だった。

「なんで、謝んだよ……っ」

背中から抱きかかえられて、俺のほうが泣けてきた。

泣いていることを知られたくなくて、しばらく頑張っていたんだけれど、涙はいっこうに止まらず、嗚咽《おえつ》はどうしても漏れてしまう。すると原の手が俺の頰にそうっと触れて、涙に触れて、一瞬驚いたみたいだったが……やがてそうっと拭ってくれた。

ああ、もう。情けない。カッコ悪いったらない。

あたりはほとんど暗くなり、ビル群に沈もうとする太陽だけが名残を赤く残している。
今日が終わって、また明日が来て……つまり人生とは、その繰り返しだ。なーんてな、知らねーよ。俺にはよくわかんねえ。ガキだし。

ただひとつだけわかってんのは、人生ってのはぜんぜん思うようにいかないこと。

そんで、それを恨んだところで、なんもよくはならないってこと。あと、人生を投げるには俺はまだガキすぎるってこと。もっと粘って、しんどい思いして、経験値積んで、それから結論を出すべきだろうってこと。そう。本当はわかってた。自分がどうすべきかなんて。ただ、次の一歩を踏み出す勇気が持てなかっただけだ。ありったけの勇気を出して選んだはずの道で盛大にコケて……またコケるのが怖いだけ。要するに、意気地なしだ。

俺は意気地も我慢も足りないガキなんだろうけど、原は違う。

こいつはずっと我慢してきた。だからもう、いいと思う。泣いたり喚《わめ》いたり、わがまま言っていいんだよ。なのに原はただ俺を抱きしめてるだけで、俺のほうがボロボロ泣いてて。

まったく、なにしてんだか。

俺はすっぽりと原の腕に収まったまま、みっともなく鼻をグスグスいわせ続けた。

俺が病院に行った翌々日、原はやっと学校に出てきた。

教室に入ってくるなり、クラスいちのノッポはみんなに取り囲まれる。本人は「あんまり仲のいい奴はいない」なんて言ってたけど、実のところは人気者なのだ。ふだんからちやほやされることはないものの、みんな原には一目置き、頼りにしている。

「おい、大丈夫なのか」

「かーちゃんの具合、どうよ」

「おまえちょっとやつれてね？　ゴハン食べてっか？」

原の姿を、俺は少し離れた自分の席から眺めていた。

みんなに囲まれていても、頭ひとつ飛び抜けた奴の顔はよく見える。お愛想笑いなどしない原だが、今朝はいつもより明るい表情をしているように思えた。

「心配かけたな。容態が安定したから、昨日の午後に一般病室に移ったんだ」

そりゃあよかった、とみんなの顔も綻《ほころ》ぶ。

「ばあちゃんも駆けつけてくれたし。今日からは学祭の練習にも参加できる」

そう言いながら、原の視線は動いていた。誰かを探しているようだ。タカアキなら今いないし、ロクッパチは目の前だぞ。

やがて、原の視線がピタリと止まる。

俺を見つけて、目元だけの微笑みをよこす。……なんだ、俺を探してたのか。ばっちり目が合ったものの、俺は笑い返すことができずにそっぽを向いた。昨日の夜、ＬＩＮＥで報告をもらってたから、原が今朝来ることはわかっていた。

それにしても、あのメッセージはなんなんだよ。

——明日から学校に行ける。早く櫛形の顔が見たい。

はあ？　普通、男相手に『顔が見たい』とか書くのか？　そういうもんか男子校って？　でなきゃ俺はからかわれてんのか？　それともジョーク？　ジョークならそれっぽいスタンプとか一緒に送れっつーの。いや、原ってスタンプ使わなそうだけどさ。でもぜんぜん使わないってことはないよな。そうだよ、前に一度ニャンコのスタンプよこしてきたじゃん。なんかフーッて怒ってるやつ。そんで、『この猫、おまえに似てないか』って。あれも意味がよくわかんねえ。俺は『似てねえ』って返したけどさ。

あー、もうグルグルする。

「お、ハラセン、来たな」

タカアキの声がした。奴が入ってきた教室の前のドアを見て、俺はかなり驚いた。俺だけじゃない、クラスじゅうがタカアキの腫《は》れ上がった顔を見て、絶句していた。

「おい。まだらだぞ」

そんな中で、やっぱり落ち着き払った声の原が珍妙なセリフを吐く。そりゃ確かにまだらだけど……赤い痣《あざ》、青い痣、唇の脇にはバンソコに、首にチラリと見えるのは湿布か？

「ど、どうしたんだ委員長」

「おまえケンカとか似合わないからやめろよ」

「そうだぞ、おまえは腕じゃなくて口でケンカすべき男だ。どうしても殴り合いをしたかったなら、なんで俺たちを呼ばない」

原の周りにいた奴らが、今度はタカアキへと移動する。委員長もまた人気者だ。つまり原とタカアキが、このクラスの二本柱なんだろう。

「ああ、騒がないでくれ。平気だ。どってことない。花粉症のほうがよっぽどしんどいぜ」

言いながら、少し痛そうな顔をした。喋るとつらいのだろう。

「それよりみんな聞いてくれ。学祭の舞台順なんだけど、俺たちが二日めのトリ、つまり大トリになった」

ロクが怪訝《けげん》な顔をして聞く。

「けどよ、順番はもうクジで決まってたんじゃないのか？」

ハチもそれに付け加える。

「俺たちって、最後からみっつめだったよな？　ラストはC組のアレだろ、山田《やまだ》くーん、座布団持っていきなさーいってやつ」

「大喜利《おおぎり》な。C組に掛け合って変えてもらった。もしかしたら、持ち時間だけじゃ終わらないかもしれないし、そうしたら最後のほうが迷惑がかからない」

傷が歯に当たらないように、微妙に口の端を引っ張りながらタカアキが説明する。いったい誰に殴られたんだろう？

「王子。もとい、櫛形」

タカアキに呼ばれ、俺は座ったまま視線を合わせる。

「昨日、ハラセンと電話で相談したんだがな。おまえのソロをプログラムに入れたいんだ」

「……なにを、突然、そんなの」

眉を寄せてあからさまに嫌な顔を見せたのだが、タカアキは俺の言葉を遮り、

「まあ、ちょっと聞いてくれ」

と黒板に手早くなにやら書き出した。こいつの板書《ばんしょ》ってすげー速さなのに字が読みやすいんだよな。生徒にしておくのはもったいないくらいだ。
①　四羽の白鳥
②　四羽の白鳥／ヒップホップ・その他バージョン
③　全員でフィナーレ
なにかと思えば演目の順序だ。書き終わり、チョークの粉がついた手を払いながら、

「な。なんか足らんだろ」

とタカアキは言う。

「なにが。いいじゃないか、それで」

「よくない。これじゃ、①も②も③も『面白おかしい系』だろ？　単調すぎるんだよな。なんつーか、こう、緩急《かんきゅう》がもっと欲しいのよ。せっかく見てくれるお客さんにさ、ぐわっと盛り上がってほしい」

高校の学祭ってのは、そもそもそんな盛り上がるもんなのか？　そんなもんは期待してないだろ、観客だって。

「観客が期待してないからこそ、ド肝《ぎも》を抜きたいというのもある」

……なんで俺の考えてたことがわかるんだこいつ。だから頭のいい奴ってヤだよ。

「で、考えた。こうだ」

① 四羽の白鳥
② 四羽の白鳥／ヒップホップ・その他バージョン
③ 本物
④ 全員でフィナーレ
③の「本物」ってなんだ？　俺が聞くより早く、タカアキが黄色いチョークで波線を引っ張り
「これ。つまり、本物のバレエ、だ」と言った。

「最初に俺たち四人が笑いを取って、ヒップホップで客を乗せて、『あー、若人《わこうど》がなんか楽しいことしてるねー』って観客の気が緩んだあたりで、王子が本物を披露する。完璧だ。考えてもみろよ、同じクラスに世界的に有名なコンクールの三次まで残った奴がいるんだぞ。これって、すげーことだぜ？」

なんでコンクールのことまで知ってんだよこいつ……。おおかた、従姉《いとこ》あたりから仕入れたネタだろう。今時の情報化社会、調べるのは難しいことじゃない。

「それってすげえのか」

誰かが聞いた。タカアキが「超すげえ」と答えて、しばらく考え、

「サッカー日本代表が、ブラジルと試合してチアゴ・シウバ抜いて得点するくらいすげえ」

と説明し、みんながどよめく。いや、そこまですごくないんじゃないか？　どうなんだ？　俺はサッカーあんまり観ないからよくわからない。とにかく、そんなことを急に言われても困るのだけは間違いない。

「ちょっと待てよ。無理だって」

覚悟を決めて俺は立ち上がり、みんなに向かって説明を始める。

「俺はダメだ。そのコンクールの決勝寸前で、膝の靭帯を切った」

一瞬、教室の中が静まりかえる。みんなが俺を見て、そして目を逸《そ》らす。ほらなー。こういう雰囲気になるから言いたくなかったんだ。同情されるのは苦手だ。

だが、次の瞬間ハチが素《す》っ頓狂《とんきょう》な声で、

「じゃ、踊れねーよ。靭帯だろ？　無理だ」

とはっきり言った。こいつの遠慮のない発言もまた、天然である。悪気がないのはよくわかっていても……ちょっと堪《こた》えた。

「王子の怪我は一年前の話だ。もうリハビリも終わって、普通に歩いてるし、こないだ体育でバスケもやってただろ？」

タカアキがそう補足すると、今度はロクが、

「そうじゃん。ジャンプシュートしてたじゃん。あれできて、踊れないってこたねーだろ？」

これまた天然ノリで、気楽に言ってくれる。だが俺は声を荒らげるでもなく、なるべく淡々と真実を言った。

「シュートとバレエは違う」

「そりゃそうだろう。でも王子、バレリーナを持ち上げたりするわけじゃない。シムキンみたいに跳《と》んでくれとも言わない。だってあれだろ？　バレエってのは飛んだり跳《は》ねたりだけじゃないだろ？　もっとこう、情緒的なもんがあんだろ？」

「そりゃそうだけど、でも」

「短いのでいいんだ、観客と俺たちに、本物のバレエ、見せてくれないか」

「…………」

タカアキの隣に立っている原を見ると、俺に真っ直ぐな視線を注いでいた。そういえば、こいつ病院の屋上で言ってたっけ。

一緒に、やろうぜ——そう言ってた。

けど、俺は。

俺の膝は……。

「あのな。正直に言うけどさ。……自信が、ないわけ」

こんなセリフを口にするのは初めてだった。

今まではどんなに緊張していても、不安でも、自信がないなんて言ったことはない。思ってても言わないのだ。言霊《ことだま》ってのは本当にあると俺は思う。ネガティブなことを口にすれば、絶対パフォーマンスに影響が出る。長く踊ってる人間なら、それはみんなわかっている。だからバレエダンサーはみんな気が強い。自分にも、他人にも負けたくない連中ばかりで……。

でも、俺は負けた。

自分の身体に裏切られて、すっかり臆病になった。

「身体が動くようになってからも、まともにレッスンは受けてない。ジュテも……ろくに跳べないだろうし、ピルエットもぐらつくと思う」

「ジュテって?」

ロクの質問に、

「ジャンプだ。ピルエットは回転」

と答えた。こういう基本用語も知らない連中に、バレエがいかに日々の積み重ねが重要なものなのか説明するのは難しい。クラシックバレエにアドリブはなく、オフバランスも許されず、常に厳密なモーションが求められる。そしてそれは日々の基礎鍛錬《たんれん》がなければ不可能だ。とてつもなく地道な積み重ねだけが、バレエダンサーを作る。

タカアキが、制服のポケットからなにかを出した。……CDだ。

「なあ王子、はっきり言っていいか」

「なんだよ」

CDを弄《もてあそ》びながら、腫れた目で俺を見る。

「悪いけど、俺たちバレエのことなんかよく知らないし、テクニックとか大技もよくわかんねーし。神がかった踊りとか、崇高《すうこう》な芸術とか、そういうの期待してないんだよ」

イテ、と途中で口の端に触れた。傷が開いたのだろう、指先に血がつく。

「俺たちはね、ただ楽しみたいの。見てる人にも、楽しんでほしいけど、それよりもっと俺たち自身が楽しみたい。おまえと一緒にやりたいのは、きっとそのほうが楽しいと思うからだ。……縁あってこの2Aに転入してきたんじゃんか。やってみよーぜ。結構、イケルと思うぜ？」

「おまえもしつこいな」

「まずは試してみるってのはどう？」

ピラッとタカアキがCDをかざし、横の原に目配せする。原は小さく頷いて、ゆっくりと踏み出す。い、いやな予感……。

「従姉のリカちゃんに借りてきた。えーとだな、ドンキに青い鳥にジゼルに海賊《かいぞく》……なんか有名どころの、バリエーション？　の曲が入ってるってさ」

俺はその言葉に目を剝《む》く。なんだよそれ。

まさか俺に、いま踊れって言うのか？

「そ…………」

絶句した俺に、原がゆっくりと近づいてくる。いつだったか、担《かつ》ぎ上げられたときを思い出して、俺は反射的に後ずさった。原が苦笑しながら俺に言う。

「担いだりしないぞ」

「…………」

「行こう、櫛形」

「ど、どこへ」

「体育館だ。この時間は空いている」

原の右手がゆっくりと伸ばされる。

俺はその手を見つめた。俺が触れるのをじっと待っている、大きな原の手のひら。

この手を取れば、なにかが変わるのだろうか。

時間は戻らず、怪我した膝ももう戻らず、未来はただうす暗い不安の中にあって……それでも俺は、まだなにかに変われるのだろうか。

「……バレエシューズが、ない」

「裸足じゃだめか？」

俺は少し考え、首を横に振る。

「だめ、じゃないけど」

むしろ床が滑りやすい体育館なら、裸足のほうがいいかもしれない……って、なに俺ってばその気になってんだ？

だって、もう踊るのは……。

原はまだ手を引っ込めない。

動かずに待っている。俺が自分からその手に触れるのを、待っている。百年でも待っていそうな原の顔を見ていたら、とても無視できなくなる。俺は腕を伸ばし、指先が原に届く。

その瞬間、大きな手はスッと伸びて、俺の手をしっかりと握った。

「うおーし、みんな体育館に移動だー」

タカアキの声に、全員がガタガタと席を立ち始め、俺は原に手を握られたまま慌てた。

「えっ。ええっ、みんなで見るのか？」

「あったりまえだろ。どうせ一限目はＨＲだしな！」

「け、けど、こんなにいきなり」

「いーからいーから」

よくねーよ！

だが抵抗も虚《むな》しく、俺はそのまま体育館に連れていかれてしまう。制服のままで、着替えてもいやしない。

「この格好で踊れっていうのか？」

「無理なのか？　なんならジャージに着替える？」

「ジャージでバレエかよ……。いいよ、このままで」

なんかもう、ヤケクソな気分になってきた。どうせバレエなんざ見たこともない連中ばっかりなんだ、ちまっ、と踊ってやりゃいいだろう。無理に力んで転ぶのもバカらしい。俺がもう高く跳べないことも、きれいに回転できないことも、見れば納得するはずだ。

そして俺自身もきっと、納得する。もう踊れないのだという現実を。

体育館はガランと広かった。

なんでこんなことに、と首を傾げつつ、俺は制服のベストを脱ぎ、靴下を取る。

がんばれよー王子ー、などと冷やかすような声援がロクッパチから飛ぶ。あれでも、俺をリラックスさせようとしているのだと、今はわかる。

「曲はなにがいいんだ？」

タカアキに問われ、CDのリストを見、ため息をつく。コンクール向けの派手な演目ばっかりじゃねーか……。

「お。これカッコよさそーじゃん。海賊。これで行こう」

「なんでおまえが決めるんだよ！」

しかも回転の多い海賊なんかできるか！

「いいじゃん。膝に気をつけて、無理しない程度にやってくれればいいからさ」

「……ダメだ。やっぱ無理だ。あり得ない、やめ……」

言い争いかけた俺の肩を、それまで黙って隣に立っていた原がポン、と叩いた。

「櫛形」

「なんだよッ」

そのまま、軽く肩を抱かれてドキリとする。いや、もちろん友情の抱擁《ほうよう》なわけだけど。肩だしな、肩だ、肩。

「大丈夫だ、櫛形」

なにしろ身長差があるので、顔を覗《のぞ》き込まれるようにして励まされる。

「お、おまえが踊るわけじゃねーのに、なんでわかんだよ……」

「まあ、それはそうだけどな」

「なんだよそれ。どっちなんだよ」

「だから、大丈夫だ……と俺は思ってる」

そんなんじゃ、励ましにならんだろ。そう思った瞬間、つい俺は笑ってしまった。笑ったら、肩から力が抜けて、ちょっとアホらしくなってきた。

「ハーア。もう、いいや、なんでも」

そう言いながら、原から離れる。

ゆっくりと歩き、バスケットコートのセンターラインあたりで身体を解し始めた。時間がなくても、最低限のストレッチは必要だ。そのへんはタカアキもわかっているらしく、「準備できたら声かけてくれ」と俺を焦《あせ》らせない。

「てめーら、俺が転んでも笑うんじゃねーぞ！」

柔軟しつつ、クラス全員に釘を刺すと、転ぶ前から笑いやがった。

ま、怪我をするほど真剣に踊るつもりはないけどな。ジュテは低く、ピルエットも数抑えていこう。どうせ誰も、元の振り付けなんか知らないんだ。

背中、ふくらはぎ、股関節、足首……少しずつ、筋細胞が目覚めていく。

「タカアキ、曲のテンポ確認させてくれ」

「オッケ」

お馴染《なじ》みの曲が流れる。

『海賊』の第二幕、アリのバリエーション――コンクールでもよく使われる派手めの踊りだ。アリは奴隷の身、ノーブルな王子様ではないから、エキゾチックな雰囲気と躍動感《やくどうかん》がポイントになる。衣装も独特。なにしろ海賊で奴隷だから、上半身は裸。下は膨《ふく》らみがあり、膝と足首は絞ったハーレムパンツをはく。すべての男性ダンサーに影響を与えたと名高いヌレエフが、男性美溢れる踊りで観客を魅了したことは有名だ。こいつらには縁のない話だろうけど。

オーケストラの音が、俺の頭の中に浸透していく。

目を閉じると、自然と踊る自分が見えてくる。振りは覚えていた……というか、もう身に染みついている。小学生の頃から何度も踊ってるんだ。あとは、動けるかどうか。

やだな……。どうしたんだろう、身体が熱い。

音楽を聞いた途端《とたん》、全身の筋肉がうるさいくらいにざわつく。頭は真剣に踊るな、適当でいいんだと主張しているのに、身体の興奮が収まらない。

ほんの短い曲が終わる。

俺は少し屈んで膝に触れる。そして心の中で尋《たず》ねる。

なあ、おまえ、どうだ。大丈夫そうか？

膝はなにも答えない。

毎日、未練たらしくストレッチだけはしていた。ときどき、こっそりスタジオを借りてひとりきりバーを握ることもあった。今さらと思いながら、こんなことしてなんになるんだと思いながら、それでも……バレエから完全に離れるなんて、俺にはできなかったのだ。

踊りたくて。

でも怖くて。

「じゃ、そろそろいいか？」

タカアキの言葉に頷《うなず》き、位置に着く。誰かの前でバリエーションを通すなんて、怪我をして以来初めてだ。最初のポーズはルルベ・アップ。右手は肩、左手は上。

音楽が、始まる。最初は戸惑いがあった。

アティテュード。軸、あやうい。腕が空を突き抜けるように伸びない。

アン・トゥールナン。着地で完璧に止まりたいのに……できない。情けないほどぐらつく。次だ、次はもっとしっかり。続けてパ・ドゥ・シャからアン・トゥールナン、少し高く跳べたか？開脚して低く着地。上半身を反って、胸をきれいに開く——心を開く。

やっぱり、俺はバレエが大好きだ。

涙が出そうなほどそう思ったとき、開いた胸の奥にまで、音が流れ込んできた。

心臓を浸し、血液に浸透し、全身を駆けめぐる。音が俺になり、俺が音になる。

忘れていた、この一体感。そして高揚感《こうようかん》。

楽しい。

腕が、脚が、曲と自然に同調しだして、伸びやかに歌い始める。俺の身体は音楽が大好きなのだと改めて知る。子供の頃の先生は言っていた。バレエは身体で歌う歌なのよ……その意味が、今頃になってわかる。

ア・ラ・セゴンド・トゥール。脚を横に90度まで上げ、その場でクルクル回る俺を見て、クラスの連中から「おおっ」と歓声が上がる。さらにピルエット、バランセ。

大きく、力強く、そして美しく踊るのが、アリのバリエーションだ。

素早く下手《しもて》に移動して、パ・ド・シゾー。着地は片膝をついてポーズ、すみやかに立ち上がり再び跳ぶ、ああ、ちくしょう、後ろ足《デリエール》がもっと上がるはずなのに！

後半、やっぱり脚がつらくなってくる。怪我というより、落ちた筋力の問題かも。それでも楽しいことに変わりはない。完璧な踊りにはほど遠い。大きなコンクールなら審査員に失笑されるレベルだ。それは自分でよくわかるのに、どうしてこんなに楽しいんだろう？

仰ぎ見れば、体育館の高い天井。

バスケットゴールが視界に入る。いいよな。これはこれで、すてきな舞台だよな。だって俺はすっごく楽しい。たまんなく楽しい。クラスの連中も、少しくらい楽しんでくれてるだろうか。

ラストはキレよくグランジュテ・アン・トゥールナンだ。

体軸がぶれないように、軽ろやかに跳ぶ。パッセのダブル・トゥールにつなぎ、着地から流れるように片膝をつき、胸を反らして左手は真上、視線も上にして、フィニッシュ。

音が終わり、俺は現実に帰ってくる。

あたりは、シン、と静まりかえっていた。すっかり息が上がってゼイゼイ言ってる自分の呼吸がうるさいくらいだ。やべ、ちょっと自分の世界に入りすぎちまったかなぁ……踊り始めると夢中になっちゃうからな、俺って……っていうか、そうでなきゃバレエなんてできないけど。

そう後悔しかけておもむろにポーズを解き、立ち上がった直後、

「うおーーーーッ！」

実に男子校らしい、獣の咆哮《ほうこう》めいたクラスメイトの声が響き、俺はみんなに取り囲まれてもみくちゃにされる。

「わ、わ、な、なん……」

「すげー、すげーよ！　おまえは本物の王子様だあーっ」

「あの回転はなんだー！　あんなんできるんなら、もっと早く言ってくれよー！」

「サイコーだ、ドープだぜ王子！　俺はあんたをリスペクトするぜー！」

ロクッパチの賛辞に至っては、なに言ってんだかよくわからない。とにかく、みんな気に入ってくれたようだ。みんなから少し離れた場所で、髪の毛をぐちゃぐちゃにされながら褒め称えられている俺を、原が妙に嬉しそうな顔で眺めていた。

「さて、問題の衣装なんだがな」

学祭まであと二週間を切った土曜日、俺たちは再びタカアキの家に集合していた。六畳間に高校生男子五人が入ると、なにやら複雑な匂いがしてくる。汗と制汗剤と整髪剤とポテチ……ロクッパチは煙草を吸いたがったが、原に「そんな子供みたいなことはやめろ」と言われて、素直に従っていた。なんか原って、ときどきおとーさんみたいな。

「もう時間がない。チュチュが現実的ではないというのは、みんなわかっていると思う。予算も潤沢《じゅんたく》なわけじゃないし、あっても俺たちのサイズは売ってない」

タカアキの言葉に、ロクッパチが奇抜《きばつ》な提案をする。

「なっ、ほら、女モンのヒラヒラした下着あんじゃん。あれなんつったけか、ロク」

「えーと、キャミソールとかスリップとかじゃなかったか？」

「そのふたつはどう違うんだ」

原の問いにロクッパチが首を傾げる。

「さあ。……ママに電話して聞いてみるか？」

「いや、そこまでしなくていい」

スマホを出そうとしたロクを原が止める。キャミソールとスリップ……俺も違いはわからないけれど、それを着た平均身長一八〇センチのこいつらは、絶対に見たくない。チュチュよりひどいと思う。

「おい、なんでそんなに自分を追い詰めなきゃなんないんだ。いくらなんでも女性下着はまずい。実行委員の連中に緞帳《どんちょう》下ろされちまうよ」

タカアキの言葉に俺は頷いた。ひとりでポテチの袋を抱えて食べていたら、隣からヌッと手が出て原が一枚摘《つま》む。いつも思うけど、ホントにでかい手だ。

「なあ。チュチュとか言い出した俺がこう言うのも、なんだけどさ……衣装、そんなこだわらなくてもいいんじゃないか。まあ、せっかくあんなに練習したんだから、脚はなるべく見せたほうがいいと思うけど」

俺は何度「つま先が汚ねえ！」と叫んだことだろう。

でも、こいつらもよく頑張った。生まれて初めてのバレエにしちゃ上出来だ。パ・ドゥ・シャなんかはかなりきつそうで、白鳥というよりは必死なガチョウめいてはいるが……ま、そのへんの必死さを観客には楽しんでもらおう。

「あと、白系の衣装のほうが雰囲気は出るな。スワンレイクの二幕もバレエ・ブランだし」

「バレエ・ブラン？」

首を傾げた原に「白いバレエ、って意味だよ」と教えてやった。白い衣装で踊られるバレエの総称で、シルフィードなんかもバレエ・ブランになる。

「そうだな。せっかく揃いで白いバレエシューズも買ったしな。はは、いっそ白ジャージにすっか？　学校の」

タカアキの冗談を受けた、ロクッパチが「やめてくれよー。あのチョーだせえ、リンリンジャージかよー」と声を揃えて笑う。

リンリンジャージ。

白地に赤く『鈴鳴学院』と背中に入った、生徒からはいたって評判の悪いジャージである。

白だから汚れっぽく、洗濯も面倒だ。もっとも中には、これがもともと白いジャージだったのか……と我が目を疑いたくなるようなのを着ている猛者《もさ》もいる。このジャージはちょっと変形で、前のジップアップが胸のあたりまでしかない。つまり着るときはかぶることになる。これまた面倒だ。そして胸には赤く、鈴のマーク。ゆえにリンリンジャージと呼ばれている。

「……いいかも」

俺の呟きにタカアキが慌てた。

「いや、冗談だよ王子。俺は実のところ、白い細身のスラックスみたいなのを考えてたんだけど……上下でスーツっぽくするとか」

「コンテじゃあるまいし、そんなカッコつけたのはダメだ。下手なのがますます目立つ」

タカアキの提案を一刀両断して、俺は考える。

「ジャージのほうがいい。高校の学祭なんだから、ピッタリじゃん。下は白タイツで上はリンリンジャージ……股間が問題だな。おまえら、モッコリ晒《さら》す勇気はないだろ？」

「王子、頼むからそんな可愛い顔でモッコリとか言わないでくれ」

ロクッパチが揃って顔を赤くしながら、俺に懇願する。隣を見たら原までちょっと赤くなっていた。俺はそんなにヘンなことを言ったか？

「なんで。モッコリはモッコリだろ。男はみんなモッコリするもんだ」

「やめてぇぇ」

「うははは、俺、王子のそういうとこ好きだぜ。……ジャージの丈は結構あるよなあ？　でもさすがに踊り始めたらモッコリがチラチラするんじゃん？」

さすがにタカアキは冷静である。

「そりゃしょうがないよ。そういうもんだ、バレエって。モノがフラフラしないようにサポーターはくんだから、いいじゃん」

「ああ、モノとか言ってる〜」

ロクッパチがますます嘆くが放っておくことにする。ベッドの上にいたタカアキはしばらく考えていたが、やがて自ら立ち上がり、ジーンズを脱ぎ始めた。

「試してみりゃいいんだよな。今ジャージあるぜ、俺。サポーターと白タイツも」

すでに全員タイツ体験はすませていたが、さすがに練習のときには、その上からハーフパンツをはいていた。

「俺の暴れん坊将軍を見たい奴は、今がチャンス！」

ベッドの上で立ったまま着替えるタカアキの言葉に、みんな無言でそっぽを向く。誰だよ、その将軍って。

「はーい、いいわよー」

なぜかオネエ言葉の合図に、俺たちは視線を戻した。途端にロクッパチがブッと噴き出した。

「うーん、ギリギリだな」

原は真面目な顔をしている。自分もこの格好をするのだという自覚があるのだ。

俺はと言えば……必死に笑いを堪えていた。タイツ姿なんか見慣れているのに、なんでリンリンジャージとの組み合わせだと、こんなにおかしいんだろう。

「ちょっとどけ、場所空けろよ。シューズも履いてみる」

ベッドから降りて、タカアキが白いバレエシューズを履き、床の上に立ってルルベをする。ジャージのジップアップは全部上げて、ハイネックのようにしていた。下半身がスカスカだから、首元だけでも隠しておきたいという無意識の表れだろうか。

「どうよ王子……あ、笑ってんのかコラ」

「い、いや……でも……くっ……あは、は、ダメだツボに来た。ははは、は、ひーーー」

笑っちゃいけないと思うと、ますます止まらない。俺は腹を抱えて床に転がる。あんまり笑いすぎて苦しくなり、原に背中をさすってもらったくらいだ。

「は、は……悪い。はぁ……えーと、いいと思うぞ。観客も大喜びだろ」

「王子がここまでウケてくれるなら、ある意味成功だな。ハラセンくん、ロクッパチくん、この格好をする勇気があるかね」

「するしかないだろう。チュチュよりはましだ」

と原の静かな諦めをたたえた答え。

「ヒップホップに移行するときはどーすんだ？」

ハチの質問にはロクが回答を出した。

「袖に別の衣装置いとけばいいんじゃねーか？　ジャージだけ脱いで、デニムはタイツの上からはいちゃえよ。スニーカーも履かなきゃなんねーし、キャップもかぶりたいし」

「よーし。じゃ、決まりだ。あと、白い羽根の頭飾り……あれだけはつけるか。白鳥の印としてなんかしら必要だもんな……。ところでこれ、やっぱ腕上げたら見えるよなァ」

裾を下方向に引っ張りながらタカアキがぼやく。

『四羽』では、ほとんどの間、全員の腕は下がり、かつクロスした状態で互いの手は繋がっている。だが最後の最後にソテ・アラベスクが何度か入るのだ。

「タカアキ、ちょっとアラベスクしてみろよ」

俺が言うと、ノリのいい委員長は、

「よろしくてよ」

と姿勢を正す。そしてきちんとプレパラシオンから、第一アラベスクに入った。もちろん脚が高く上がるわけではないが、タカアキは四人の中では一番腕の動きが柔らかくてきれいだ。俺は自分の指導力にちょっと感心してしまう。

そして股間は……やっぱり見える。

ロクッパチと原はチラリと見ただけで、ため息をついてうつむいてしまった。

「どうかしら？」

「うん……でもまあ、アラベスクのまま静止はしないしな。一瞬なら大丈夫じゃ」

俺がそこまで言いかけたとき、突然部屋のドアが開き、知らないオッサンが乗り込んできた。

「こっ、孝明《こうめい》！」

タカアキはアラベスクのまま固まり、他の三人は（げっ、しまった）という顔をする。原までもが珍しく、眉をはっきりと寄せた。

「……コウメイって誰？」

ひそひそっ、と原に聞くと耳元で教えてくれる。ちょっとくすぐったい。

「タカアキの本名だ。あれは奴の親父さん」

なんとも奇天烈《きてれつ》な格好をしている我が息子を見て、タカアキ、じゃなくて孝明、ああ面倒くさいな……タカアキでいいや。の、親父さんが頬をピクピク痙攣《けいれん》させている。背広姿だから、今まで仕事に行っていたのだろう。銀縁のメガネをかけ、エリート部長さん、って雰囲気の人だった。

「なっ、なにをしているんだおまえ！」

「なにって……」

「気でも違ったのか、なななな、なんだ、そのタイツは！」

「もちろん、バレエの練習です」

「そんなもんは許さんとあれほど言ったのに、まだわからんのかおまえはッ！」

許さんって……学祭の出し物に親の許可なんかいるのか？

俺は驚いて原に視線を送る。

原が自分の目のあたりを指で示し、そのあとにこっそり親父さんに視線を移動した。あ、そうなのか……タカアキのあの痣は、親父さんに殴られたのか……。

「許してもらわなくったって、俺はやりますから！　今さら俺だけ抜けたら、みんなに迷惑がかかるのはわかるでしょうが！」

「醍醐家の長男が、そんなことをして世間様の笑いモノになっていいのか！」

「笑ってもらうためにやるんです！」

「バカかおまえは！」

「バカで結構！」

親子が激しく怒鳴り合うのを俺たちはただ見守るばかりだ。

タカアキのお母さんもパタパタと二階に上がってきて、親父さんの後ろで「まあまあまあ」と困っている。

「落語だの漫才だのならまだしも、なんでバレエなんかやらなきゃいかんのだ！　男のくせにそんなもんはいてチャラチャラ踊って、俺の息子がそんな有様を人様の前でするのかと思うと、憤《ふん》死《し》しそうになる！」

……コラ。

「俺はオカマの息子など育てた覚えはない！」

……コラコラコラ。

その言いぐさは、なんだ？　男のくせに？　チャラチャラ？　オカマ？　だいたい、それってオカマにだって失礼だろうが！　どういう教育受けてきたんだよ、あんた！

「おい、櫛形、落ち着け」

怒りのあまり立ち上がりかけた俺の肩に、原の手がそっと置かれる。

「む、ムカつくぜ、このオッサン」

「ああ。でも、落ち着け。……俺がちゃんと説明してやるから」

原はそう言って、自分が立ち上がり、ズイ、と親父さんの前に立った。でかいので迫力がある。

「な、なんだね原くん。今は親子で話を、」

「おじさん。軸足はつま先立ちのまま、もう一方の脚を90度に上げられますか」

「は？　いったい、なにを」

「一度のジャンプのうちに、空中で六回足を打ちつけられます？」

後ろでお母さんが「あら、アントルシャ・シスね」と呟く。正解だ。どうやらお母さんはバレエ通《つう》らしい。

「なにが言いたいんだ、きみは」

厳しい目で睨《にら》みつけられても、原は少しも動じるところがない。いつでも静かで、だが揺るぎないその瞳。高校生らしからぬその顔つきは、原の性格そのものだ。

辛抱強く、逆境を愚痴《ぐち》らず、甘ったれるのがヘタクソな……十七歳。

「バレエはほとんどスポーツに近い、非常にストイックな舞台芸術です。俺はこの二か月で、いやというほどそれを体感しました。身体はそれなりに鍛えてるつもりでしたけど、その俺でも筋肉痛に悩まされましたから」

親父さんは原に見下ろされ、それでもなんとか睨む目つきだけは保っている。

「ここにいる櫛形は、十二年バレエを続けて、海外留学までした奴です。それが並大抵の努力じゃないのは、俺にはわかります。さっきのおじさんの発言は、彼に対して失礼です」

「…………」

「バレエは、そんな生やさしいものじゃない」

「それなら、ますますきみたちが、学祭でウケを狙ってやるようなモノでもないだろう」

親父さんに切り返された原は、しばらく考え、

「実は最近、そうかもしれないと思ってます。……どうなんだろうな、櫛形」

突然話を振られて、俺はちょっとびっくりした。それでも、口を尖らせたまま、思った通りのことを言う。

「いいんじゃねえの。学校行事じゃん。カネ取るわけじゃないし、楽しくやることが大切だろ。俺は……楽しんでるもん。今は、誘ってくれたタカアキに、感謝してる」

「……王子」

俺の言葉に、マヌケなタイツ姿の委員長は驚いた顔を見せる。

ちぇ。ふだんなら言わないんだけどな、こんなこと。でも今は、おまえの窮地《きゅうち》をなんとかしねーとなんないだろうが。

「そうだぜ、委員長がいなかったら、まとまるもんもまとまらねえ」

「タカアキはクラスの大黒柱だもんなぁ」

そんなロクッパチの加勢もあったが、親父さんはふんっと鼻で笑い、

「きみらがいくら力説したところでね、世間はそう思っちゃいないよ。男のタイツ姿なんざ、不気味なシロモノだ。単なる悪趣味なキワモノだ」

そんな暴言を吐く。

今度こそ、ほとんど摑みかかる勢いで俺は立ち上がった。だが原に抱き込まれて妨害される。

しかしタカアキを止める奴はいなかった。怒りで顔を真っ赤にしたタカアキが、ほぼ身長の変わらない親父さんの襟首を摑み上げる。

まさに一触即発《いっしょくそくはつ》の、そのとき、

「本当に、世間が狭いのよねぇ」

ため息とともにぼやいたのは、親父さんの後ろで様子を窺《うかが》っていたお母さんである。

「だろう、母さん。しょせん高校生のこいつらは、世間の目の厳しさというものを、」

「違うわよ」

ぴしっ、と決して大きくはないが厳しい声でお母さんは断言する。

「お父さんですよ、世間が狭いのは。ああ、もう恥ずかしいったら」

エプロン姿でおたまを握ったまま身悶《みもだ》える。きっとご飯の支度をしていたのだ。そういえば、肉じゃがのいい匂いが……。

「なんだと？　おまえまで、こいつらの味方をするのか」

「なにくだらないこと言ってるの。親子なんですよ、敵も味方もないでしょうが。だいたい、今時のバレエ界にはすてきな男性ダンサーがたくさんいて、みんなの憧《あこが》れの的なんです」

「ふん。女子供のだろ」

カチンと来る言い回しにも、タカアキのお母さんは屈しない。

「最近は男性の観客も多くなってるし、息子にバレエを習わせる家も増えてきたわ」

「屁理屈《へりくつ》を言うな。百歩譲《ゆず》ってもバレエなんぞ欧米の文化だ。日本の男には向かない。そもそも体型からして、」

「バレエなんか見たこともないお父さんになにがわかるって言うんです。日本のバレエダンサーは優秀だし、世界的にも評価が高いのよ。野茂《のも》がメジャーで新人王を取るより六年早く、熊川《くまかわ》さんは英国ロイヤルの最年少ソリストになってたのよ？　日本はバレエ先進国なの！」

おたまを振りながらそう力説するお母さんに、親父さんは押され気味である。

「だいたいねえ！　リカちゃんのことだってそうよ！　あなたのお姉さんの娘がずっと小さい頃からバレエ習ってたっていうのに、あなたは一度も発表会に行ってあげなかったじゃないの！」

「それは、仕事で、」

「仕事仕事って、親戚づきあいはどうでもいいって言うの？」

「いや、そういうわけじゃ」

「あなたはいっつもそうやって、全部あたしにおんぶに抱っこじゃない！　そうよ、このあいだのお義母さんの七回忌のあとだって、」

「あのときは出張で、」

「まあっ。なんで毎回親戚の集まりと出張が重なるのか、説明していただきたいわね！」

話がどんどんずれていき、親父さんは後ずさりを始めている。タカアキは突っ立ったまま、そして俺は原の腕の中にすっぽり収まったままで呆気《あっけ》にとられていた。

「いつもいつもあたしが我慢してると思ったら、大間違いですからね！」

小柄で可愛いお母さんなのに、怒るとなかなか迫力がある。ロクッパチなどは兄弟で身を寄せ合って固まっていた。

「あのー」

すっかり脱力した様子で、タイツ息子が両親に声をかける。

「そういう話は、下で。ね。今、友達来てるし」

「あらやだ。ごめんなさい」

お母さんはぶんぶん振っていたおたまを止め、ちょっと赤くなって笑った。

そしてまだなにか言いたげに振り返る親父さんを強引にぐいぐい引っ張って、階下へと降りていく。降りながらも猛攻は再開され、親父さんのしどろもどろな相づちが俺たちにも聞こえた。

親父さんの形勢がかなり不利なのは、部外者の俺たちにも明らかである。

ふたりの姿がすっかり消えた頃、俺たち五人は顔を見合わせた。

「はー……びびった……」

タカアキはタイツのまま、ペタンと女の子座りをしてため息をつく。

「おまえんちのママもすごいんだな」

「やっぱママってのはどこの家でも強いんだな」

ウンウンと頷き合う双子の家でも、権力は母親が握っているらしい。

「……で？　結局、どうなったんだ？　タカアキは学祭に出ていいわけか？」

俺が聞くとタカアキは大きくひとつ頷き、

「お袋がこっちについたら、もう問題ない。オヤジはちょっと見、亭主関白《ていしゅかんぱく》に見えるけどな、実のところお釈迦様《しゃかさま》の手の上で威張り散らす孫悟空《そんごくう》だよ。うちじゃお袋が白いって言えばゴキブリも白い」

「カラスだろう、それは」

原のツッコミに「カラスは不吉だろうが」と返すタカアキだが、ゴキブリのほうが俺は嫌だと思う。ま、とりあえずは問題解決か。

親父さんに殴られても男のバレエを決行しようとしたタカアキを、俺はちょっと見直していた。やっぱりこいつってお勉強ができるだけの男じゃないんだな。飄々《ひょうひょう》としてるからわかりにくいけど、一度こうと決めたら曲げない意志の強さがある。ヘンなとこで意固地《いこじ》、と言ってしまえばそれまでではあるが。

感心している俺を見上げ、股関節が痛かったらしいタカアキは、座りかたをあぐらに直してにやりと笑う。

「で、いつまで抱っこされてんだよ王子様」

ジャージの裾を引っ張って股間を隠す委員長にそんなことを言われ、俺は慌てて原の腕から抜け出したのだった。


「お母さん……どうなんだ？」

タカアキの家からの帰り道、原とふたりになった俺はそう聞いてみた。

あんま聞かないほうがいいのかなとも思ったけど……図々しく病院にまで行ったんだから今さらだ。あの日、原は俺にお母さんを見せてくれた。ＩＣＵには入れないからガラス越しで、顔がはっきりわかったわけじゃないけど、

――あれがお袋だよ。今、頑張ってる。

そう教えてくれたのだ。

原はゆっくりとしたペースで歩きながら俺の顔を見て目を細める。嬉しいのか悲しいのかよくわからない表情だった。

「うん。意識が戻って、少しなら喋《しゃべ》ることができる。まだ安静が必要だから、学祭に来てもらうのは無理だけどな」

「いや、学祭でおまえのタイツ姿見たら、また具合悪くなっちまうだろ」

半分冗談、半分本気で俺が言うと、原は口元を緩ませた。今度は、笑ったのだ。

「そうかもな。……ま、俺の白鳥はともかく、おまえの『海賊』は見せたかったよ。あんなすごいの、そうそう見られるもんじゃないからな」

「よせって。公開コンクールに行きゃ、あの程度ゴロゴロしてるよ」

「でも、おまえはひとりしかいない」

意味がよくわからず、俺は歩きながら原の顔を見る。

「ダンサーはたくさんいるけど、おまえはひとりだけだ。だからおまえのバレエもひとつきりだ。『すずなり祭』で踊る櫛形直人《なおと》を、お袋に見せたいと思った」

「な……に、言ってんだよ」

すげー恥ずかしいことを言われたような気分になって、俺の耳たぶは茹《ゆ》でたみたいに熱くなる。

原から目を逸らし、真っ直ぐ前を見て、歩調を速めた。原はペースを上げないのでやや遅れ気味になる。

「なあ、櫛形」

「なにっ」

「おまえ、少し時間ないか？」

「なっ、なっ、なんで」

ちくしょ、噛むなよ、俺。デートに誘われたわけじゃないんだぞ！

「フィナーレのときにさ、ちょっとみんなを驚かしてやろうかと思ってるんだ」

「フィナーレって、『Jump』のときにか？」

ヴァン・ヘイレンの『Jump』は一九八四年の曲だ。

俺たちはまだ生まれていないわけだけど、独特なシンセサイザーのイントロとサビのあたりは覚えがある。ここんとこ、80年代の懐メロがよくかかってるから、どこかで聞いたんだろう。ロクッパチのママからCDを借りて通して聞いたら、なるほどフィナーレにふさわしいノリの曲だった。

「アクロバットしないか、ふたりで」

足を止め、俺はくるりと振り返る。

……いいじゃん。

いいじゃん、それ、面白そうじゃん！

「おまえがバック転したり？」

「そう。おまえをリフトしたり……櫛形、体重何キロだ？」

「え？　筋肉落ちたから、五十くらいだと思う」

「軽いなァ。なら、俺の肩の上に立ってアラベスクとかできるんじゃないか？」

「………いや、そりゃかなり怖いぞ。俺サーカスにいたわけじゃねーもん、無理だよ」

「やってみなきゃ、わからんだろ？　すごいフィナーレになると思わないか？　盛り上がること間違いなしだ。きっと、一生思い出に残る……そんな舞台に、なる」

一生の思い出になる舞台が、高校の学祭。

たぶん、少し前の俺だったら、冗談じゃねーよって突っぱねたことだろう。だけど、今、俺は本当に今度の舞台を楽しみにしていた。こいつらと一緒に、最高の舞台を作り上げるつもりでいた。発表会でもなく、コンクールでもなく、俺たちだけの力で作り上げる学祭の舞台。

「わかった。ちょっと、試してみっか。こないだおまえ呼び出したスタジオが使えるかどうか、連絡してみる」

「頼む」

すぐに携帯電話で確認すると、スタジオはちょうど夕方の中級クラスのレッスンが終わったところで、あとは空いているという。

「よっしゃ。行こうぜ、原」

原が黙って頷き、俺たちは駅に向かって歩調をアレグロにした。


「原ッ、ぐらつくな、おまえがぐらつくと俺も落ちるッ！」

「ちょ、ちょっと待ってくれ櫛形。バランスが取りにくくて……」

スタジオに入ってかれこれ二時間。俺たちは必死に試していた。

原の肩の上で立つのはやはり難しかった。床から百八十センチ近く離れている場所ってのは、想像以上に怖い。この恐怖感を克服すれば不可能ではないのだろうが、いかんせん時間が足らない。その代わり、片膝を曲げた原の太腿の上で、片手だけキープされてポーズを取るなど、そこそこ見栄えのいい型はできあがった。原が勢いよく俺を回すジェスチャーをして、そのままグランド・ピルエットに入るのなんかも、なかなかいい感じ。

で、今練習しているのが……。

「わっ、わっ、落ち……」

「くしがたッ！」

床が目と鼻の先、というときにがっしりと原の腕が回ってきた。もう少しで顔をぶつけるところだ。そのままへなへなとふたりで座り込む。フィッシュの練習をしていたので、俺は背中から原に抱きかかえられた状態になっている。

「む、難しいなこれ……」

「そら、花形フィニッシュだからな。そうそう簡単にやられてたまるか。けど、あと二週間ある。諦めねーぞっ」

フィッシュは言ってみれば、男女ふたりで作る最後の決めポーズだ。『眠《ねむ》れる森《もり》の美女《びじょ》』の最終幕、オーロラ姫とデジレ王子もこれで終わる場合が多い。

口で説明するのはなかなか難しいが、女性ダンサーは身体を文字通り魚のように反り返らせて、両手を広げている。その状態で、脚を広げて腰を低くした男性ダンサーの太腿の付け根に乗っかってる感じ。

当然、足は地についていないのでしっかり組み合ってないと顔から床にべちゃっ、と落ちる。男性ダンサーも最後の瞬間は両手を広げ、ふたりでニパッとスマイル。

めちゃ、難しい。

その代わり、リフトからぐわん、と降ろしてこのポーズが決まるとそりゃあ格好がいいのだ。原は体操をやっていただけあって、筋力、バランスともに優れているから、リフトはそれほど難しくはなかった。だがさすがにこのフィッシュは難関だ。

「ふー。もうちょっと、って感じはしてんだけどな。よくなってはいるんだぜ、原」

「ああ」

「俺の背筋も弱くなってるんだよなー。なんとか本番までにもうちょっと……」

額から流れる汗を拭いながら、さすがに疲れを感じた俺が原に寄りかかる。原のTシャツも汗まみれだけど、こいつの汗ってあんまり匂わない。単に俺も汗だくだからわからないだけなのかな？　どっちでもいいや。原の胸に背中を預けるのは嫌いじゃない。

脚の間に俺の身体を収めたまま、原の両腕がゆっくりと上がるのが見えてドキリとした。

長い指はなにかをためらうように、わきわきっ、と動いて、また腕が下がる。

なに。なんなんだ、今の動きは。

抱きしめられるのかなと思った俺は、少し拍子抜けした。自らの立て膝の上に置かれた原の両手は、もの言いたげにグーパーを繰り返す。いつになく落ち着きがない。

「……櫛形」

「ウン」

振り返らないまま、俺は返事をする。首を捻《ひね》れば、すぐそこに原の顔が見れるんだけど、なぜかそうするのがちょっと怖ぃ。

「ヘンな質問だけどな」

「なに」

「ええとだな。ほら、ドラマとか、映画とかで、キスする前に『キスしていいか?』って聞く男いるだろう。あれ、どう思う?」

ホントにヘンな質問だな。そんなこと俺は考えたこともねーよ。あんまりラブロマンスとか観ないし。まあ、でも、想像して答えるとすれば……。

「うぜェんじゃないの?」

「……うぜぇ、か」

「そういうの、いちいち聞かねーほうが、スマートだと思うけど、俺は」

そうか、と原が呟く。

突然、背中がスゥと涼しくなった。原が真後ろから横へと位置を変えたのだ。だが両脚はまだ俺の身体を挟んでいて、その脚と両腕を使って、一気に引き寄せられる。

「じゃあ、聞かないことにする」

「え——あがッ!」

ガツッ、と互いの歯がぶつかる。いきなりの展開だったので、顔を引く余裕もなかった。

「す、すまん」

「お、おま、なにしてんの! ヘタクソ!」

照れよりも痛みと驚きが勝って、俺は原を詰《なじ》る。

「勘弁《かんべん》しろ。初めてなんだ」

「初めてでも下手すぎ！　今時ネットとかでいろいろ予習できるだろーが！」

俺は自分の口を手のひらで覆いながら怒鳴る。うう、前歯がジーンってしてる……。

「……櫛形は経験あるのか」

多少むっとした様子で聞かれる。俺は「挨拶《あいさつ》のキスなら、海外ではよくするからな」といくらか自慢げに答えた。

「ならおまえのほうが上級者だ。教えてくれ」

「……いいけどよ。ほれっ」

俺は首を曲げてちょうどいい角度を取りながら、原の口元にごく軽く唇をつけた。そしてすぐに離す。ほとんど勢いでした、軽いキスだ。唇を舐めると、汗のしょっぱい味がする。

「なるほど」

原は動かないまま、少しだけ眉を上げ、感心したような声を出した。

「べ、勉強になっただろ」

「ああ。……でも、俺がしたいキスとは、ちょっと違うみたいだ」

「はあ？」

原はあくまで真剣な顔なんだけど……なんなんだこいつ。俺を口説いてるのか？　それともこれって天然？　俺はどう対処したらいいわけよ？

「もう一度チャレンジしたい。ゆっくりするから、櫛形は目を閉じててくれないか？」

「なんで」

「……緊張するからだ」

「へえ。おまえも緊張とかすんのか？」

「……見えないかもしれないが、今もすごくしてる」

俺がクスッと笑うと、原はややむくれた表情になる。だって、なんかこいつ、可愛いんだもん。こんなでかい図体して、でもキスは歯がぶつかるんだぜ？　もっといろいろ知ってるのかと思ってたよ俺。

「櫛形。目、閉じてくれ」

ここまでお願いされたら、俺だってほだされる。そもそもなんで俺たちがキスしなきゃならないのかって問題は、とりあえず考えないことにした。少なくとも、嫌じゃない。嫌じゃないっていうか……ドキドキしている。

俺が目を閉じると、瞼《まぶた》に優しい指が触れた。

ちゃんと目を瞑《つむ》ってるのか確認してるみたいだ。指はそのまま頬から顎《あご》に降りて、顔をやや上向きにさせられる。その拍子に、唇が少し開いてしまった。閉じなきゃ、と思うより早く……さっきとは打って変わった優しさで、原の唇に塞《ふさ》がれる。

想像よりずっと柔らかな、湿った感触。

優しく撫でられる俺の髪。

おお、今度はいいじゃん。ドキドキしながら、フワフワした心地だ。キスってなかなかロマンチックなもんなんだなぁとうっとりして身を任せていたら、原が唇を少しだけ離して、

「……くそ、だめだ」

そう吐息混じりに呟いた。

「え？　……わっ」

なにがダメなのか聞く間もなく、俺は床に押し倒される。頭を打たないよう、後頭部に手のひらが差し入れられてはいたが、あまりに急な展開に戸惑った。

「は、原？」

俺を組み敷く原の目に、見たことのない光が宿ってる。

こんな、野犬みたいな目の原は知らない。大きな手で肩を押さえられ、ぞわり、と背中に恐怖が走る。でもその恐怖は、核の部分に甘い蜜を含んでいた。まるで苦い錠剤の真ん中だけに、ハチミツでも仕込んだような——これって、なんか、やばいんじゃ……。

「櫛形」

耳元で囁かれ、身体が震えた。

せっぱ詰まったような声は、なんだかひどく男くさく、同時に色っぽかった。

こめかみに、額に、頬にくちづけが落ちる。たぶんこれは原が俺に与えてくれた猶予《ゆうよ》だ。嫌だったら意思表示すればいい。原の厚い胸板に手を突っ張って、やめろと言えばいい。こんなことしないでくれと。

でも俺は、たぶん。

「……ちくしょう」

こんなこと、してほしかったんだ。

だから自分から、そのしっかりとした首に腕を回した。ぐいと引き寄せる。

遊んでないで、さっさとキスしろよ。

怖くないってわけじゃないけど……苦い錠剤は噛み砕いちまえばいい。中からとろりと甘い蜜が流れて、ちゃんと俺を楽しませてくれるはずだから。

俺の了承を得た途端、原は噛みつくようにくちづけてきた。俺の口の中に特別な菓子でも隠してあるみたいに、あちこちを舌で探られる。呼吸すら貪るような激しいくちづけに、俺の胸が喘ぐように上下した。

「……う」

原の片手がTシャツをかいくぐって、肌に直接触れる。女じゃないんだから、腹も胸も見せ慣れているし、晒してることも多い。

「く、」

なのに、なんでこんなに感じるんだろう。

「ちょ、待っ……あっ」

男の乳首ってマジ意味ねーよなぁ、とずっと思っていたのに……原の指先が辿り着いた瞬間から、それがそこにある意味が成立してしまう。くりっ、と弄られるたびに俺の身体はピクピク反応してしまい、それがわかって原がやめるはずがない。ぐいっ、とせわしなくTシャツがたくし上げられ、すっかり尖った突起に吸いつかれる。

「……っ！」

なんだよ、これ。

なんでこんなになんの、俺の身体？

まるで新しい神経が一本――バイオリンの弦みたいに強く張られた感じだ。

「ん、んっ、んっ」

しかもその神経、下半身に直結してる。どう頑張っても漏れる声が恥ずかしくて、俺は両手で自分の口を塞ぐ。呼吸は苦しくなるが、ンなこと言ってる場合じゃない。ぐにぐにと舌で悪戯《いたずら》され、軽く歯を立てられる。下着の中が張り詰めているのが、自分でもありありとわかった。

「気持ち、いいのか……？」

「そ、そゆこと聞かないッ！」

「ゴ、ゴメン」

そして素直に謝るな！

暴走する自分の身体を持て余し、俺はどうしていいのかわからない。恥ずかしいやら気持ちいいやらで、頭がオーバーヒートしそうだ。

「ひあっ！」

「……硬くなってる」

「悪いかよっ」

「悪くない。嬉しい」

「そういうことも言うな！」

恥ずかしくて死ぬ！　俺が言うと、原はまた「ゴメン」と今度は少し笑って謝った。コンの野郎、余裕こきやがって……。

「う、う、動かすな！」

　ジャージの上から手のひらで膨らみを包まれ、軽く揺すられた。それだけで、もう、かなりやばい。ホントやばい。マジでやばい。

「イヤか？」

「い、イヤっていうか、イイからイヤだ！」

「櫛形、わかるように言ってくれ」

「うるさい！　聞くな！」

　パニクっている俺を見て、原が宥めるような声で「ちょっと起きて」と言う。俺は原の手に導かれるまま、上半身を起こした。あ、ダメだ。なんか身体に、力が入んねー……。

「あっち向いて。そう、俺に寄りかかっていいから」

　フィッシュから崩れ落ちたときの状態に戻る。原は俺を長い両脚の間に収め、背後から抱き竦《すく》める。

「もっと……ピッタリ。そう……ウ……」

　原の呼吸が詰まる。

　俺の腰に当たる、すんげーカチカチになってるものは……うっ、こいつやっぱり身体に比例してデカくないか？　ぐりっ、と押しつけられて、俺は思わずたじろぐ。そっか、こいつもこんなことになっていたのか。非常事態になっていたのは俺だけじゃなかったとわかると、ちょっと安心した。

「ふぅ……」

原の、なにかを我慢しているような吐息が耳にかかった。それだけでこっちまでぞくぞくきて、なんかもうダメだ。つられて俺も興奮しちまう。止められない。

原が気持ちいいと、俺も気持ちいい。

ああ、そういうことか。

俺は、原が、好きなんだなぁ。

そう気がついたら、なんか少し目がうるうるってしてきた。人を好きになると、こんなふうに胸が熱くなって、痛くなって……。

「お、おい」

人がちょっと感動しているってのに、原の手は前に回ってきて、俺のジャージのウエストをくぐろうとしている。

「ん？」

「あっ。こらっ」

咄嗟《とっさ》に身体を前傾させて、俺はそれ以上の進行を妨害した。

「チョクはやめろよっ。こんな、汗だくなのにっ」

「触りたい。我慢できない」

「我慢しろっ」

「イヤだ」

おまえ、ふだんの忍耐強さはどこへいったんだ。

原は余裕のない返事とともに、余った片手で簡単に俺の上半身を引き戻し、両腕を封じ込める。

そして一度ジャージから手を抜くと、今度は脱がせ始めた。

「ちょ、ちょっと」

「だって、濡れたら気持ち悪いだろ?」

いや、そういう問題じゃ……。

嫌がって身を捩《よじ》った俺がバカだった。動いた拍子に尻の下までスルリとジャージを下ろされてしまう。下着ごとだ。

「ひゃっ」

……ジャージのウエストがゴムだってことを、今日ほど呪ったことはない。膝まで着衣を下ろされて、なんかいやらしく、かつマヌケな格好で、俺は原の手に翻弄《ほんろう》される。

俺のナニときたら、もう浅ましいほどに硬くそそり立ち、腹につきそうな勢いだ。

「……っ、んっ」

茎をキュッと握り込まれただけで、透明な先走りが先っぽからとろりと流れ出す。こんなにしてて、気持ちよくないって言ったら嘘になる。

……ハイ、気持ちいいです。

くそう、もう知るか。いいよ、すげえいい。人の手でしてもらうのがこんなにいいとは知らなかった。

「は……」

原は決して俺のを乱暴には扱わない。むしろソフトな握り具合で扱《しご》いてくれる。俺はもう嫌がる余裕もなく、原の胸にぴったりと背中をつけて喘ぐしかない。

いつのまにか原も自分の下を露出させていたようだ。俺の裸の腰に、なんか熱いのが擦りつけられる。妙に滑りがいいそれも、先端から興奮の徴《しるし》を溢れさせているのだろう。

「う、あっ！」

手の動きが変化して、過敏な部分を攻められる。三本の指でクチュクチュッと先を弄られるのはたまらない。思わず俺は激しく首を振った。

「痛いか？」

「ち、ちが……ひっ、ああ！」

痛くはない。

いやちょっとだけピリピリしてる。でもそれは痛みを越えた別のなにかで、自分で力加減を調節できる自慰のときには、絶対に得られなかった快感だ。

「いい？」

「ふ、う……あっ、」

「櫛形……やじゃないか？」

うるせえ！　しつけえ！　オヤジくせえんだよ、おまえ！

いつもの俺ならそんなセリフをぶつけるところだが、今は無理だ。どうしても答えてほしそうな原に、頷くことでなんとか返事をしてやる。

「俺も、すごくいい」

律儀な原は自分の報告も忘れない。でも、言われなくてもそれはわかってた。だって、そんなふうに押しつけて、ぬるぬるさせてたらわかるに決まってる。

「んあっ！」

俺のを握っていないほうの手が、再び胸の突起を悪戯し始める。

「あ、やっ……原ッ！　やめ、」

二か所同時に刺激されると感覚が混乱してしまう。乳首をキュッと摘まれ、下を扱く手も圧が強くなってくる。俺は目を閉じて顎を上げながら身悶える。最後の瞬間が近いのを感じていた。

腹筋が震える。こんなことされて長く保つはずがない。

「櫛形……おまえ、すごい色っぽい……」

なに言ってんだ、顔なんか見えないくせにと思いかけ――今さらの事実を俺は思い出す。ずっとうつむいてるか、目を閉じてるかだったので、失念していた。

ここはダンス・スタジオで。

つまり、壁面のほとんどは鏡張りで……。

瞼を上げた瞬間、原に後ろから抱えられ、ナニを握られて喘ぐ自分と目が合った。

信じがたい、このエロシチュエーション。

やめろ、離せと思った瞬間、ほとんど同じくして、大きな波が来る。

「あ、あ………ッ！」

とてもじゃないけど、目を開けていられなかった。

恥ずかしいのもあるし、あまりに快感が大きかったせいもある。身体を撓《しな》らせ、限界を越えた俺を、原はじっくりと観察しやがったことだろう。くそうくそう、あとで絶対殴ってやる。蹴ってやる。

達する感覚は、すごかった。

ジェットコースターのてっぺんから、スッコーンと急降下するみたいなイキかただ。身体の部分じゃなくて、全身が震えるほどに気持ちいいなんてのは……舞台での快感を除けば、初めての経験だった。

最後の一滴をヒクンと震えながら吐き出す頃、俺の腰にも熱い飛沫がかかり、原の満足げな吐息が耳を訪れる。

このエロいオッサン高校生を、どう罰してやろうか……そんなことを考えながら、俺はコテン、と頭を再び原に預けたのだった。


学祭の当日は、薄曇りの空模様だった。

梅雨《つゆ》入りはしていないものの、紫陽花《あじさい》の蕾《つぼみ》は綻《ほころ》び始め、雨の訪れを待っている。それでも今日いっぱい、雨雲がスズ高の上を覆うことはなさそうだ。

「おーし、諸君、あと少しで出番だぞ。この日のための特別な衣装はどうだね？」

そう言いながら教室に入ってきたタカアキは、上下白のジャージ姿だ。もちろん中にはしっかりとタイツをはいている。

「なにが特別だよー。体育ンときとまるで一緒じゃんか」

群舞《ぐんぶ》のひとりから上がった声に、

「Tシャツはオリジナルで作ったじゃないか。それだって、結構金かかってんだぞ。やりくりが大変だったんだ」

笑いながらタカアキはそう言う。舞台に上がる連中だけではなく、クラス全員と担任のキヨちゃんの分まで作ったTシャツは、背中に大きく2Aと染められていた。フィナーレの『Jump』で全員が舞台に上がるときは、みんなこれを着ることになっている。

「やっぱ王子はその格好で正解だよ。超カッコいいぜ」

「リンリンジャージでよかったのに」

俺はむくれてそう答えた。派手なハーレムパンツに、腕輪、定番の羽根つき頭飾り、メイクも少ししている。俺はみんなと同じ格好がよかったんだけれど、タカアキが断固反対したのだ。

——いいか、おまえだけは本物なんだ。たかが高校の文化祭で、お遊び半分だけど、王子のソロだけは本物だ。それをお客さんにちゃんと伝えたいんだ。

マジな顔でそんなふうに言われたら、衣装つけるしかないじゃんか。

「じゃ、最後の確認だぞー。王子のソロが終わったら、絶対拍手喝采《はくしゅかっさい》になるから、カーテンコールをする。もし拍手が鳴りやまなかったら二回な。んで、ちょっとだけ間を置いて、『Jump』の音楽。シンセのイントロを八小節聞いて、まず上手《かみて》からバック転でハラセンが出る。続いて下手《しもて》から王子がグラン・ジュテで出る。そのあとロクッパチ、Aグループ。Bグループと続いて……あれ？　おい、ハラセン、どこ行った？」

みんなが同じタイミングで後ろを見る。

いつもの一番後ろの席に、いつものように静かな目をした原が当然いるはずだと思っていたのだ。もちろん、俺も。

「緊張して下痢でもしてんのかな？」

「俺、さっきから何度もしょんべん行ってってけど会わなかったぜ？」

朝からそわそわしているロクッパチがそんなことを言う。ふたりとも手のひらに「人」と書いてあるあたり、わりとナイーヴな兄弟だ。もちろんママが見に来ている。

「俺、ちょっと探してくる」

「ああ、頼むよ王子。荷物はもう控室に運んでおくから」

俺は衣装の上にパーカーを羽織り、教室を出て階段を駆け上がった。

原は屋上にいるに違いない……あいつは天井のないところが好きなんだよ。

屋上は、今日も風が強い。

原とあんなことをしてしまってから二週間。俺たちがどうなっているかというと……べつにどうもなってない。

さすがに週明け、学校で顔を合わせたときには気恥ずかしかったけど、原がいつも通りだったから、俺もなるべく普通にしていた。

原は、こっちが拍子抜けするくらい普通だった。軽く腹が立つほどにだ。あんなふうに人の身体弄くり回して、自分のナニをぐりぐり押しつけてきた奴とは思えない。……あの夜、俺にさんざん蹴られたあと（もちろん本気で蹴ってないけど）、ちゃんと別れ際にもキスしてくれたのも、なんかの夢だったのかなと思っちまう。

周囲に人がいないのを確かめてからの、ほんの短い……でも温かいキス。なのに、学校に来てみれば、今まで通りの原で——いや、どこかよそよそしさすら感じるくらいだ。

照れてるのかなと、最初は思ってた。

でもなんか違う。それくらい、俺でもわかる。変化の微妙な原の表情を読むのはかなり難しいことだけど、俺にはそれができる。

原は静かに、俺を避けている。

昨日に至ってはタカアキにまで、「王子。ハラセンとなんか揉《も》めたか?」と耳打ちされてしまった。鋭い奴だから、原が俺を見ないようにしていることに、気がついたのだろう。俺は、そんなことない、とだけ答えた。

ホントを言えば、かなり凹《へこ》んでる。

いろいろ考え込んで、何日かは眠りの浅い日が続いたくらいだ。けど、学祭が目の前に迫ってるのに、みんなに心配はかけられないし、なにより、俺自身が一番舞台を成功させたい。

原と秘密の練習はできなくなったから、なんだかちょっと中途半端だけど。

「原」

いつもの給水塔の裏、フェンスに寄りかかって原はぼんやりと立っていた。俺を見て、キラキラした衣装に「それ、いいな」と少しだけ笑って、またすぐに視線を空に戻す。

胸が、キュウと痛んだが、なんでもないふりで言った。

「なにしてんだよ。みんな探してっぜ」

「ああ」

「ああじゃねーよ。もうすぐ本番だぞ。なに、もしかしてビビってんのか」

そんなわけないのは知ってて、そう聞いた。

原と会話するのは、今の俺には少しつらい。あんまし反応してくんないし。こっち見てくんないし。それでも、こいつのそばにいたいなんて……結構、重症みたい、俺。

「うん。少し、ビビってるかな」

原は空を見たまま言う。嘘つきめ。おまえ今、ぜんぜん違うこと考えてる顔してる。

「とにかく、もう教室に」

「櫛形」

言葉の途中で呼ばれた。

自分の名前が、原の口から飛び出すだけで、俺の心臓がドキンと跳ねる。

「な、なに」

原から少し離れた位置で、俺はフェンスの金網を握る。

曇った空なんか見ても、ちっとも楽しくない。原の顔が見たい。でも怖い。あの夜のことは、なかったことにしてくれ……なんて言われるのが怖い。

「あのあと、内緒の練習できなくて、悪かったな」

「べつに、そんなの」

「あのな。学祭のあとに言おうかなと思ってたんだけど」

「いっ、いいよ！」

とてもそれ以上は聞いていられなかった。カシャン、と金網を揺らして、俺は原を見ないまま早口に喋る。

「気にすんなよ！」

声がひっくり返った。

「あ、あんなの気の迷いっていうか、男子校だと、いろいろ血迷う時期とかってあんだよ！ ほら、男はさ、なんとも思ってなくてもあれくらいできるし、いろいろ興味のある年頃だし、お、俺だってべつに、おまえが好きで、」

好きだよ。

「好きでしたわけじゃ……」

おまえのこと、すんげえ好きだ。

「ない、んだから。おまえも気にしなくっていいんだって」

だからいいんだ。

おまえは悩まなくていいんだよ。

原が俺を見ているのがわかった。でも俺はうつむき気味にした顔をフェンスにくっつけたまま動けない。今はやばい。原の顔を見るのはやばい。泣いたら、恥ずかしくてここから飛び降りちまいそうだ。そしたらタカアキに申し訳なさすぎる。クラスのみんなにも顔向けできない。

「……櫛形」

ずいっ、と原がすぐ隣に来る。そして、

「オデコにフェンスの痕がつく」

そう言いながら俺の頭を強制的にフェンスから離した。触られるのが悲しくて、その手を振りほどこうとしたのに、逆にスポンと抱きしめられてしまう。

「今の、嘘だろう？」

「なに、が」

「櫛形は俺のこと好きだろう？」

「だから、違うって」

「参考までに言うと、俺は櫛形にめちゃくちゃ惚れている」

……………はい？

「どうしてなのかとか、そのへんはよくわからない。男を好きになったのは初めてだしな。でも理由はどうでもいいと思っている」

「…………」

俺は返事のしようもない。

嬉しいのは、すごく嬉しいんだが、にわかには信じられない。だいたい、それならそれでもうちょい態度に表しようがあるだろ。ナニして以来おまえの様子がおかしかったのは、どういうわけなんだよ。

「みんなには、学祭のあとに言うけどな。おまえにだけ先に言っておくよ」

俺はやっと原の顔を見た。大切な話なのだとわかったからだ。

「お袋が、病院を変えるんだ」

思いがけないセリフだった。

「最新設備の整った、心臓専門のところで、腕のいいお医者さんがいるそうだ。あの翌日……日曜に、親父からその話を聞いた。ただ、その病院、九州なんだよ」

「じゃあ、おまえ」

うん、と原が少し笑う。こいつって困ると笑う傾向がある。

「二学期から、向こうだ。終業式の翌日に引っ越しをする」

「おまえだけ、残るとか……できないのか？」

口をついて出たのは自分勝手な要望だった。言ってからしまったと思ったけど、もう遅い。

「課長だった親父が、係長に降格してまで九州支社への異動をゴリ押ししたんだ。ひとり息子の俺だけ残るってわけにもな」

「……そっか。そうだよな……」

経験ないからよくわかんないけど、家に病人がいるというのは、大変なことなんだろう。そんなときこそ、家族はバラバラになっちゃいけないんだ。子供だけ東京に残るなんて、無理なんだ。

「いつ言おうかって、ずっと考えてて」

「……うん」

「言いにくくて、な」

「……うん」

そうか。お別れか。四月に会って、七月にさようならか。

「俺はこの学校、気に入ってたし。タカアキは、親友って呼んでいい奴だし。おまえもここにいるのに、離れるのは……」

いやだよ。

つらいんだよ。

耳には聞こえない言葉が胸に届く。俺は白いジャージにしがみつきながら、染みを作っちゃいけないと思って、必死に涙を堪えていた。

「けど、学祭が六月でよかった。おまえと、一緒に舞台に立てるのは、嬉しい」

「バカヤロ。思い出作り、みたいなサムいこと言うな」

「そうだな」

「……ホントに、俺が好きかよ？」

問うと、頭の上から小さな声が降ってくる。

「好きだ」

永遠の、別れじゃあない。外国に行くってわけでもない。

原のお袋さんがよくなるんなら、行ったほうがいい。ずっといい。

「……連絡しろよ」

頭ではちゃんとわかってても、鼻の奥がツンとする。

それでも俺は泣いたりしない。泣くのは全部終わってからだ。舞台の幕が、下りてからだ。

「わかった。毎日ＬＩＮＥする。電話もしていいか」

「おまえ無口じゃんか」

「でも櫛形の声が聞きたい」

「……してもいいけどよ。俺ひとりで喋んのかよ」

「相づちくらいは打つ」

その返事に俺は笑ってしまった。やっぱおまえってヘンな奴。真面目なんだか、ふざけてるんだか、照れ屋なのか、人をからかってんのか……。

目の前にある、原のジャージのジップアップを摘んで、上まで全部上げるのと同時に、俺も顔を上げる。たぶん、目が赤くなってると思うけど、いいや。見られてもいいや。

おまえだから、いいや、原。

今さらなにをおまえに隠すっていうんだ。あんなカッコまで見られて、心の奥のほうまで掻き乱されて。思えば最初っから、おまえは俺をじっと見てたよな。

あの体育館で、初めて会った桜の頃から。

俺自身ですら、俺を見つけられずにいたときから。

「『四羽』、ビシッと決めろよ」

「ああ」

「クッペは丁寧に、裏拍のリズムに遅れるな」

「わかりました、先生」

改めて、原の顔を見る。

俺と違って、すっかり大人の男になっている骨格。やや高い頬骨、一直線の眉、ちょっと厚い唇。離れても、おまえの顔を、いつでも思い出せるようにじっと見つめる。

「それから……」

俺は原から視線を逸らさずに、言った。声が震えたけど、ちゃんと言った。

「俺のこと、忘れないでくれよ」

その途端、原がまるでどこか痛むみたいな顔になる。

眉を寄せて、口を歪めてなにか言いかけ、でも息を吸い込んだだけで言葉は出なかった。

ただきつく俺を抱きしめる。それこそ、砕けそうな力で、痛いくらいに。

息もまともに吸えない抱擁の中で、俺はどうしても我慢できずに、一雫《ひとしずく》だけ涙をこぼしてしまった。あーあ、メイク直さないと。

『ご来場の皆様にお知らせいたします。これより講堂にて、二年生各クラスによる催し物が始まります。ぜひお誘い合わせの上……』

学内アナウンスが響き、俺たちはやっと身体を離す。

顔を見合わせて、ちょっと笑った。


さあ、スポットライトを浴びにいこう。

「いやあ、すごかったよなぁ、ハチ」

「ホント、総立ちだったもんなぁ、ロク」

すぐそばでロクッパチが喋ってる声が聞こえる。少し離れた場所からは、キュキュッ、とバッシュが体育館の床を擦る音。

「俺、あんなエキサイトしたの初めてだったぜ。クラブで踊るよりキたもん」

「俺も。……きっと、忘れられねーよなァ。オッサンになっても、思い出すんだよな」

ダムッ、とボールの振動音が、鼻の頭から入って、頭蓋骨に響く。なんで鼻の頭からなのかと言えば、がばっと開脚して、べたっと前屈した俺の、鼻の頭が床にくっついているからである。

「だよなー。きっと、ジジイになっても、思い出すよなー」

「縁側でお茶啜《すす》りながら、思い出すよなー」

「そういうのって、イイじゃん」

「ウン。イイじゃん」

「コラッ、おまえらくっちゃべってないで、真面目にやれ!」

見回りに来た体育教師が、ロクッパチを叱った。ふたりは「へいへーい」と声を合わせて、気の抜けた返事をする。

「おらおらロク、もっと曲がるだろうが。隣の櫛形を見てみろ!」

無茶な気合いを入れられ、ロクが情けない声を出す。

「センセェよー、王子と比べんなよー。王子の身体はアン・デオールが完成してんだ、俺たちとは違うんよ」

「なんだアン・デオールって」

「なにー。体育のセンセェのくせに知らないのかよー。英語だと、ターンアウトだよ」

ナマイキを言うなコラ、と体育教師が前屈しているロクの背中に尻を乗せる。もちろん手加減はしているが、ロクはグエエ、とカエルみたいな声を出した。

ただいま2Aは体育の授業でストレッチ中である。

体育館は半分に仕切られて、隣で三年がバスケをやっていた。

九月半ば、体育館は蒸し暑い。俺は開脚はそのままで上体だけを起こし、今度はサイドにストレッチする。呼吸は止めずに、目を閉じた。

喧噪《けんそう》の向こうに、蟬《せみ》の声が聞こえてくる。

学祭が終わり、梅雨が来て、終業式になり原がいなくなり——夏休みが明けて、もう二学期だ。早いような、遅いような……時間ってよくわかんねーな。

学祭は、大成功だった。

『四羽の白鳥』は、思惑通り最初は大爆笑で迎えられ、けれどすぐに観客たちは四人の必死さに気づいてくれた。華麗《かれい》な白鳥ではなく、ドタドタとステップを踏む白ジャージのガチョウたち。タイツや頭の羽根飾りは滑稽《こっけい》だが、顔は怖いくらいに真剣だったからだ。

終わった瞬間、拍手と温かいエールが講堂に響いた。

そして原曲の影がほとんどなくなった、ヒップホップのチャイコフスキー。

ハチのMCはノリノリで、さっきまでの力みようが嘘みたいに楽しく盛り上がる。ヒップホップチームの衣装は蛍光色のだぶついたTシャツで、照明も多色使い。舞台がパッと明るくなった。

もちろんフィナーレのため、中にはお揃いのを着込んでいる。ロクの派手なブレイクダンスには口笛が飛び交い、奴らの友人なのだろう、客席で踊り出す奴らもいた。ダンス経験のほとんどないクラスメイトたちも、バックで練習成果を発揮していた。みんな汗だくで、でもすごく楽しそうで……時間としてはこのパートが一番長かったはずだ。

それから、俺の『海賊』。

うまく踊れたかと言われれば、答えはノーだ。二年前の俺なら、もっと高く跳べたし、もっとぶれずに回れた。身体はぜんぜん戻せてないし、レッスンも足りなかった。でも、楽しかったか、と聞かれればためらうことなく頷ける。

だって、俺はひとりじゃなかった。

これはコンクールじゃない。ライバルなんかいない。袖で原が見ていてくれる。クラスの連中が見ていてくれる。仲間と、ほとんど仲間みたいな観客だけ。

戦わなくていい。

楽しく、気持ちよく、踊ればいい。

それは膝の不安を抱えていた俺にとって、大きな精神的支えになった。観客もおおいに楽しんでくれたようで、なんでも『すずなり祭』始まって以来とかいう、五回にわたるカーテンコールをやって、それでも会場は収まらず、タカアキのアイデアで急遽《きゅうきょ》『五羽の白鳥』をやることになった。真ん中に配置された俺が、身長差に辟易《へきえき》しながら、やつらとは天と地ほどの差があるテクニックを披露すると、

「王子を持ち上げちまえ！」

とタカアキが言い出し、俺の足が床からジタバタと浮いてしまう。まったく、呆《あき》れた連中だ。あんな状態でアントルシャしたの初めてだったぜ。俺の困惑を無視して続く踊りに、観客は腹を抱えて笑っていた。

そして、フィナーレ。

『Jump』のイントロだけで、会場は大興奮。俺と原のアクロバットもきれいに決まり、俺はグラン・ジュテでマネージュ——簡単に言えば、舞台を一周しながら跳躍し続けるという大技を披露した。

ロクッパチの振り付けた群舞もばっちり揃っている。やってる本人たちが、楽しくてたまんねー、って顔になってる。見せるためというよりも、自分たちのために踊ってる。それでいいじゃん、悔しいならあんたもここに来なよ！　そんなノリのフィナーレ後半には、最前列で見ていた担任のキヨちゃんまで引っ張り上げられていた。お揃いのTシャツを着たキヨちゃんは、歳を考えれば上等なステップを見せ、観客をますます沸かせた。

楽しくて、楽しくて、楽しくて。

原と一緒に、この舞台にいることが、この学校に、この時間に、こうしていられることが楽しくて、嬉しくて。踊れることが嬉しくて。おまえと会えたことが嬉しくて。

俺は原を見た。

下手側にいた原も俺を見ていて、こっちに来いと腕を差し伸べる。もう、立ち位置だの振り付けだの、関係なくなっていた。

抱きついたら、ぶんぶん振り回された。

飛ばされないように、俺は必死でその首にしがみついていた。そういうダンスだと思った人もいただろうな。

最後の「ジャンプ!」のかけ声で、一斉に舞台上で跳び上がった。

俺はきっと、あの瞬間を一生忘れない。

身体は一瞬で地上に戻ったけど――心はホールの屋根を突き抜け、高い空まで到達したんだ。

「王子ンとこには、連絡とかあんの?」

その日の放課後、タカアキと一緒に学校を出た。

最近はこいつとよく連《つる》んでる。留学してたせいで遅れ気味の勉強を見てもらったりもしている。おかげで無事に進級できそうだった。親父さんとは相変わらず冷戦中らしいが、よくあることだから気にしていないと言っていた。今のところ、新しい痣は増えていない。

「連絡って?」

「ハラセンからに決まってるでしょーが。知ってんだぞ、なかよしこよしなのは」

「あァ」

なかよしこよし、が果たしてどこまでを意味しているのか、それが問題だ。

でも最近は、タカアキにだけは俺たちのことを喋ってもいいかも、と思っている。気持ち悪いと引かれることはないだろう。だって原の親友だもんな。それに、こいつなら全部喋っちまったところで「やっぱなー」程度で終わりそうだ。

「元気にしてるっぽい」

LINEは毎日。電話も時々。夏休みの終わりに、ほんの短い間だけ会えた。

八月はじめに手術をしたお母さんは、順調に回復に向かっているそうだ。

「あいつ、地元連中にケンカ売られてねーかな。面構《つらがま》えだけはハードボイルドだかんなァ」

「中身はなんつーか、人のいいオッサンなのになぁ」

タラタラ歩きつつ、ふたりで笑う。俺たちを追い越していった一年生が「あっ、バレエの人じゃん」と囁いている。さらにそのあと、

「すげーうまかったヒトと、すげーおかしかった白鳥のヒトだよ、ほら」

とつけ足して、タカアキに複雑な表情をさせていた。

「で、王子のほうのグッドニュースは報告したのかよ？」

「まだ。会ったとき、言おうかなと思ってさ」

「そっか。そうだな」

先週、俺は今までとは違う医者に膝を診《み》てもらった。

知り合いのダンサーから紹介された今度の先生は、まだ三十代くらいで結構若い。診察のあと、俺の目をしっかりと見ながら、

「移植そのものはうまくいってるし、軟骨の損傷も見られない。だめだと決めるのは早いよ」

真摯《しんし》な声で、そう説明してくれた。

「きみは少し焦ってしまったのかもしれない。リハビリを頑張りすぎて、移植腱にストレスをかけていた時期があったんじゃないかな。痛みがなかなか引かなかったのはそのせいだと思う。だからといって、現状がそう悪いわけでもない。普通の人ならば、すでに完治といえるレベルだ。ただきみは、バレエダンサーなんだよね」

はい、と答えた。俺はバレエダンサーです、と。

「そうなると、きみが怪我する以前の膝に戻れるかどうか……かつ、職業ダンサーとして耐えうる膝にまで回復するか、そこは僕にも保証できない。きみたちのいる世界がそう甘くないことは承知している。時間的な問題もあるわけだし」

バレエダンサーが現役でいられる時間は長くない。外見的にも、体力的にも、若いほうが有利なのだ。ちょっと前の俺だったら「保証できない」と言われて凹んだかもしれなかった。

だけど、今は。

「やれることを全部やってから、決めます」

そう言いきることができた。

確約がないのは怖い。プロになって、ソリストになって、プリンシパルになって……世界の舞台とか、評価とか喝采とか……そういうものだって、すごく欲しい。俺は欲張りで、そうでなきゃ舞台になんか立てない。

だけどなによりも欲しいのは、痛まない膝だ。

好きなだけ踊れる膝だ。それが手に入る可能性があるなら、あとのことはそれから考える。

……俺がそう決めたこと、あいつはなんて言うかな。

「ぶえっっっくしょんっ！」

せっかく人が物思いに耽《ふけ》っていたのに、タカアキが五メートルくらいツバの飛びそうなクシャミをしやがった。

「なーんだよきったねーな。おまえは春夏秋冬花粉症かよ」

「ヴー。そこにキナコみてーな草生えてるだろ。秋はあれがやべーのよ、俺」

なるほど、黄色く粉っぽい花をたわわにつけたブタクサが残暑の風に揺れていた。俺はこれを見ると秋を感じる。

秋の次は冬。

冬休みには……俺が向こうに行く約束をしている。

クリスマス連休に、一緒に博多《はかた》ラーメン食うんだ。トンコツ、ラブ。もちろんラブなのはトンコツだけじゃないし、目的はほかにあるわけで、えーと、まあいろいろ……する。たぶん。

「あぢぃ。早く、涼しくなんねーかなぁ……へっぐしょいッッ！」

「うわっ。てめー、こっち向いてクシャミすんなっ」

飛沫をよけるため、身体を斜め後ろに反らした。

そうすると、秋の青く、高い空が視界に飛び込んでくる。きれいじゃん。

ちょうどそのとき、制服の尻ポッケに入れたスマホがバイブするのを感じて、俺は思わず口元を緩めた。

原からメッセージが、届いたんだ。

幕間《まくあい》　委員長の夏休み

人生はいつか終わる。

……のは知っているが、いまだ十七歳男子の俺としては、実感がないのが本当のところだ。だってまだ動悸も息切れもかすみ目もないし、健康で飯《めし》がうまくて快便で、まあストレスといえば受験とオヤジのことくらいだ。そんな俺だが、時の流れについてものすごく実感できる場合もある。つまり、夏休みはいつか終わる、という現実である。いつかもなにも、ぶっちゃけ明日で終わる。速すぎる。ひどすぎる。海どころか、区民プールにだって行ってない。

さようなら……受験勉強で終わってしまった、俺のセブンティーンサマー。

「タカアキ」

「へっ？」

そんなおセンチな八月三十日の夕方。

夏期講習を終えた俺の前に、遙か九州は福岡に引っ越したはずの友人・原《はら》がヌウと立っていた。

驚いた俺が言葉を発するより早く「櫛形《くしがた》は」と急《せ》いた口調で問われる。あまり焦ったり急いだりしないこの男にしては、珍しいことだ。

「おまえ、なにしてんのこんなとこで」

「櫛形は」

「王子なら、福岡だ」

「……福岡？」

汗だくの顔が呟いた。Tシャツの胸にも大きな汗染み。駅から走ってきたのだろう。

「そう。おまえに会いに行くって、今朝出かけた。なのに、なんでおまえが東京にいるんだよ、ハラセン？」

相変わらず無表情な奴だが、ガクンと落ちた肩がその落胆を表していた。

「俺も、櫛形に会おうと思ってさっき着いたんだ。なんとか夏休みじゅうにって……黙っといて驚かせようと……」

なるほど、行き違いか。

東京・福岡間で、新幹線は無情にも擦れ違ったわけである。

「そら、驚いてると思うぜ王子は。今頃福岡で、顎《あご》が外れるほど驚いてるだろーよ」

「言うなタカアキ。俺の顎も外れそうだ……」

「いったいなにしてんの、アンタたちは。王子も同じこと言って出かけたしさあ。驚かしたい驚かしたいって、お化け屋敷じゃねーっつーの。ちゃんと連絡くらい取り合えよ。ま、今夜んとこはウチに泊まって……おい、ハラセン、人の話聞いてる？」

原は大きな手にスマホを握っていた。どうやら櫛形に電話しているらしい。

「……櫛形、おまえ、なにして……！　いや、俺は東京……え？　だから、同じなんだよ。うん……うん。あぁ、もう……バカみたいだな俺たち……」

みたいって言うか、バカだぞおまえら。

「ああ……そうだな、残念だけど。明日？　でも時間が……新大阪《しんおおさか》で？　ああ、そうか。わかった……ああ……ウン、じゃ」

　通話を終わらせ、ハラセンがため息をつく。

　残念七に嬉しい三、そんな複雑な表情を見せた。基本的に無愛想で無表情な俺の親友は、最近表情筋が発達しつつあるらしい。加えて、なんつーか、男くさい色気なんかも……。ちょっと会わない間に、成長したってことだろうか。

「タカアキ」

「なんだ」

「で、今日の夕飯はなんなんだ？」

　前言撤回。ハラセンはべつに変わっていませんでした。こいつ丼で三杯食うからね……お袋に電話しとかなきゃ。


「で？」

「あん？」

「だから、なんでおまえがついてくるんだ」

「えー。だってさー。お袋が蓬莱《ほうらい》の豚まん食べたいって言うしさー」

翌日、俺はハラセンとともに東海道新幹線に乗っていた。

速いぞ、のぞみN700系。向かうは新大阪だ。

「それに俺、この休みじゅうずーっと勉強してて、どっこも行ってないのよ。せめて旅行の気分くらい……あ、お姉さん、幕の内弁当とお茶くださーい」

「ただ往復するだけなんて、新幹線代がもったいないじゃないか」

「ちゃんとたこ焼きくらいは食べていく。それに金ならお袋がくれた。この夏勉強ばっかしてた俺が、さすがに可哀想《かわいそう》だったみたい」

原はまだなにか言おうとして、結局黙った。親友ならではの観察眼を駆使《くし》するに、どうも機嫌がよろしくない。もともと無口な原はむっつり黙り込み、俺はひとりでガツガツと弁当を食った。

車窓に流れる残暑の景色からビル群が減り、少しずつ緑が多くなっていく。

「……なに。俺いると邪魔なわけ？」

新大阪で櫛形と会うだけだろ？

俺がいたらなんかまずいのか？　俺だって久しぶりにおまえとゆっくり話そうと思ったのに、それってなんか冷たくないですかね？

「……邪魔にしてるわけじゃない」

「ならいいけどさ」

ケンカする気はもとよりないので、肩を竦《すく》めてそう返事をする。

ひとりで食べていたプリングルスを差し出すと、原はわしっと五枚くらい摑んでバリバリ齧《かじ》った。高校生なのでビールは我慢だ。もっとも原がビール呷《あお》ってても、誰も高校生だとは思わないだろうけど。

「タカアキ」

「なに」

「蓬萊の豚まんはおごるから…………、新大阪では隠れててくれないか」

「へっ？」

突然の提案に俺は驚く。

隠れてろって、つまり王子からか？　なんで？

「いや……帰りは王子と一緒に東京に戻るつもりなんですけど、俺」

「それは、ちょっと……いや、あとから出てくるなら……？」

「おまえ、なに言ってんの？」

「とにかく、隠れててくれ。頼む」

理由の説明はなしかよ。しかもそんな怖い顔して言うな。ちっとも頼んでねーぞ。むしろ脅してますよ。なにせっぱ詰まってんの、この人。事情がよく吞み込めないけど、まあ親友の頼みなら頷かないわけにもいかない。詳しく話さないのは、きっと説明しにくいなにかがあるからなんだろうし。そういうのをゴリゴリ聞き出すの、俺のスタイルじゃないし。

あとは福岡での暮らしぶり聞いたり、富士山にちょっと興奮しているうちに、新幹線は無事新大阪駅に到着した。

俺は原に急かされ、なんか悪いことでもしたみたいに、少し離れた自販機の裏にこそこそ移動する。うー、自販機の裏側ってすんげえ暑いんだけど……。

先に着いていたらしい王子は、ホームの名古屋《なごや》寄りに立っていた。細いけど、あまりにも姿勢がよくて目立つ奴だから、どこにいるのかはすぐわかる。Tシャツにバミューダパンツでも、やっぱ櫛形はキラキラの王子様だ。

うだるように暑いホームを、原が歩き始める。

だが、歩いていたのはほんの数歩で、あとはフットボール選手みたいな勢いで走り始めた。なんだなんだ、王子にタックルでもかますつもりなのか？　福岡じゃそういう挨拶が流行《はや》ってんのか？　呆気にとられた俺は、次の瞬間もっと驚く羽目になる。

「櫛形」

「原！」

もちろんセリフはここまで届かない。

それでも、強い抱擁とともに、ふたりが互いを呼ぶのが聞こえた気がする。

抱き合って……人の少ないホームの端で、恋人同士みたいに抱き合って。

王子の細い身体はほとんど見えなくなる。原の胸に埋もれてしまっている。背中には細い指が食い込んでいることだろう。

あー。

なるほどねー、そういうことですか……。

そりゃ俺はいないほうがいいよな、つか、ジャマだよね、そうだよね。

わー、その角度は、あれですね。チューしちゃってますね……。仲がいいのは知ってたけど、そういう感じに進展してましたか……。いや、まあ、多少の予感はあったが。

抱き合うふたりを遠目に、俺はちょっとだけ反省した。クラスを統括する委員長として、もう少し早く気をまわすべきだった。すまん、原。豚まんは自分で買うことにするよ。そして以後はふたりのために尽力することを、この大阪の地の自販機裏で誓お……。

っていうか、俺、ちょっと可哀想すぎない⁉

勉強尽くしの夏休みラストに、親友のラブラブっぷり食らって終わんのかよ！

なにそれ。もおやだ。俺も早く幸せになりたい。ちっくしょう、今に見てろよ……いつか王子より可愛い女子と……ダメだ、自信ない、そんな女子滅多《めった》にいるもんか。いやいや、諦めるなタカアキ、探せばきっといる。いるといいな。いてください……。

自動販売機のモーターが、俺を笑うように唸《うな》った。

額から汗がツッと流れて、俺はそれを拭う。遠くに王子の、輝くような笑顔が見える。

それにしても、アッチイや……。

ま、いろんな意味でな。

第三幕

春を待つジゼル

楽屋で櫛形《くしがた》の姿を見たとき、俺は我が目を疑った。

「やっぱ、ヘンか？」

「……………」

返事もできなかった。

よく、マンガであるアレを思い出した。人物の胸のとこにハートマークが描いてあって、そこに矢が『とすっ』と刺さっているアレだ。つまりはフォーリンラブを表しているのだろうが、俺の場合とっくにフォーリンラブはしていて、今回の『とすっ』は、櫛形のあまりの可愛らしさに、もう声も出ません、というところである。

なぜ、どうして、こんなにスカートが似合うんだこいつは……。

伯母《おば》さんの主宰してるバレエ教室の発表会にゲストとして招かれ、女の子のバリエーションを踊ると聞いたときは、まあ櫛形ならばありかもしれないとは思っていた。とはいえ、いくら細身でもダンサーとしての筋肉はしっかりついているわけだし、身体の線を隠す女装ならまだしも、バレエの衣装である。舞台に立てばともかく、間近で見たらいくぶん無理も感じるだろうと踏んでいたのだ。

だが。

「やべーかな？　今回は例の『四羽』ンときみたく、笑い取るわけじゃないからさ……ある程度は可憐《かれん》な村娘に見えないと困るんだよなー」

つけ毛をお団子にまとめ、小花を散らした櫛形が首を傾げ、くるりと一回転する。それだけでクラクラきた。

「か……」

言葉に詰まった俺を不思議そうに見て、スカートの裾をふわんと揺らしながら櫛形が近づいてくる。とすとすっ、と矢が追加で二本ばかりまた刺さった。

「か？」

可愛い。可愛すぎる。

あまりに可愛くて、そのまま櫛形を小脇に抱え、走り出したい。俺がやると誘拐犯だかラグビー選手だかわからなくなりそうだが、思わずそうしたくなるほどの美少女ぶりなのだ。

「か……観客は、喜ぶんじゃないか？」

可愛いと正直に言ってしまうと、勢いづいて抱きしめてしまいそうだったため、かろうじてセリフを誤魔化《ごまか》す。

「そっか。ならよかった。これからメイクもすっから、もうちょっと化けられるしな」

そう言って櫛形が笑い、また反対周りに一回転する。

「チュ……チュチュじゃないんだな」

「これもチュチュなんだぜ。ペザントのバリエーションだから村娘っぽい衣装なんだ」

櫛形が纏《まと》っているのは、例の水平に広がったスカートではなく、フワフワのヒラヒラだが膝あたりまである衣装だ。上半身はウエストを細く絞ったデザインで、小さなちょうちんみたいな袖もついている。なんというか……可憐で、ちょっと茶目っ気のある感じの、細くて愛らしい村娘そのものなのだ。衣装の胸にはパッドがついているらしいが、申し訳程度の隆起しかない。だがもともとバレエをやっている女の子はスリムなので、ほとんど違和感がなかった。

「ま、たまにはこんなお遊びもいいじゃん？　今回、俺はオマケみたいなもんだし」

口では軽く言っているが、この舞台のために櫛形がどれだけ熱心に、そして慎重にレッスンを重ねていたか俺は知っている。なにしろ福岡くんだりから東京まで櫛形恋しさでやってきた俺が、この舞台のためにほとんど時間を作ってもらえなかったくらいである。

あと二時間ほどで、発表会の幕が上がる。

櫛形の伯母さんは現在リハビリ中の甥《おい》っ子に、舞台に花を添えてほしいと頼んだそうだ。櫛形も最初は断ったようだが、この伯母さんは昔から世話になっている恩人でもあるので、結局は引き受けたらしい。かつてすずなり祭のとき、俺と櫛形のためにスタジオを貸してくれたのも、この人だそうだ。

「女性バリエーションを本格的にやったのは初めてだったけど、いろいろ勉強になったよ。ポアントは膝への負担が大きいから無理だったけどな。あ、ポアントってトウシューズのこと」

「ああ、つま先立ちの……」

「そうそう。ありゃ基本的に体重の軽い女の子だからできるんだよ。ポアント履かないと振り付けもいくらか変えることになるけど……ま、そのへんは臨機応変だな。それより腕の動きが難しかった。柔らかさの表現が、男よりずっと要求されるしさ」

「そうなのか」

櫛形の説明があまり頭に入ってこない。喋《しゃべ》りながらいろいろとポーズを取るその姿があまりに魅力的で、頭を動かすより目をこらすのに忙しいのだ。ああ、写真を撮りたいと心から思う。だがここでスマホなど取り出したりしたら、きっと櫛形に怒られる。

「直人《なおと》ちゃん、支度できたァ？」

高い女の子の声とともに、軽いノックの音がする。櫛形が「いーよ」と答えると扉が開いて、教室の生徒である楓《かえで》ちゃんが入ってきた。まだ十四歳の楓ちゃんは、櫛形の伯母さんの娘、つまり櫛形の従妹《いとこ》だ。小さくか細く、まさしく妖精のよう、という形容詞がぴったりな女の子だが、性格は勝ち気で強気、かなりはっきりとものを言う。

「うっわ。詐欺じゃん、それ」

「なにがだよ」

「だって絶対女の子に見える。美少女だよー。わー詐欺詐欺〜。ね、原《はら》さん？」

「いやべつに詐欺ってことは……」

楓ちゃんは教室イチの有望株で、俺も通し稽古《げいこ》のときに彼女の踊りを見たのだが、素人目《しろうとめ》にも抜きんでてうまかった。もちろん櫛形を除いたらの話である。

そしてどうやら楓ちゃんは、従兄《いとこ》である櫛形にかなりのライバル心を持ち、なにかというと突っかかってくるのだそうだ。直人ちゃん、などという呼び方も、櫛形が嫌がっているのを承知でやっているという。なんで中坊の女の子からライバル視されなきゃなんねーんだよ、と櫛形が何回かぼやいていた。

「直人ちゃんってホントほそーい。原さんと同い歳には思えないー」

一五七センチの楓ちゃんなので、かなり見上げられる形になった。楓ちゃんとはまだ三回しか会っていないのだが、なぜか俺には懐いてくる。キャッチセールスですら目を合わせてくれないことが多いので、楓ちゃんのようなケースはとても稀《まれ》だ。

もしかしたら、俺みたいにゴツイ男が珍しいのだろうか。パンダを見るような気分で、俺につきまとっているのだろうか。俺はと言えば、転校先でたまたま担任が空手部の顧問だったため、ほとんど有無を言わせず入部させられ、ますますガタイがよくなってしまったのだ。

「あは、見て見て、原さんとあたしが並んでるとビューティー&ビーストって感じー」

楽屋の鏡を指差しながら楓ちゃんが笑う。

「なんだよそれ、失礼なヤツだな。原は野獣なんかじゃないぞ」

櫛形が俺の代わりにクレームをつけてくれた。その通りだ。少なくとも楓ちゃんに対しては野獣になったりはしない。

「え、ビーストって野獣って意味なの?」

「なに、おまえそんなことも知らなかったの?」

「うん。美女とマッチョマンくらいの意味だと思ってた」

オーロラ姫の衣装の上に、カーディガンを羽織った楓ちゃんが頷《うなず》く。やはり日本の英語教育に問題があるのは間違いない。しかし、野獣、などという単語を聞いてしまうと俺の心はいくぶん痛む。櫛形に対して、野獣になるとまではいかなくても、それ相応の、なんというか、ええと、スキンシップを求めているのは本当だ。

ずっとずっと、櫛形に会いたかったのだ。

会って、抱きしめたかった。新大阪《しんおおさか》駅で一瞬だけ会えたあのあとから、もうずっと。あれが八月の終わりで、今はすでに春。なんと俺たちは半年も会えなかったのだ。

なのに、まだキスもしていないなんて。

春休みに入ってすぐ東京に来て、もう四日が過ぎようとしているのにだ。もっと櫛形とくっつきたいし、抱きしめたいし、くちづけたいし、ほかにもいろいろ……そんなことばかりを考えてしまう俺は、あまりにがっついているだろうか。飢えすぎだろうか。やばいだろうか？

半年は長かった。

そもそも、冬休みには、ゆっくり会えるはずだったのだ。

クリスマスだし、プレゼント交換なんてのも、ありかなと思っていた。櫛形にはタータンチェックのマフラーなんかどうだろう。ちょっと赤っぽいのが似合う気がする。いや何色だって似合うはずだ。なにしろ王子様なのだから。ふたりで色違いで持つなんてのもいい。俺はグリーンあたりで、ちょっと地味めの。いや、ペアなんか櫛形が嫌がるだろうか……そんなことを延々と考えていたのだ。でかくて無愛想だが、俺だって十七歳だ。ペアマフラーを夢見たりもする。

だが、残念なことに俺たちは一緒にクリスマスを過ごせなかった。

俺のせい——というか、うちの親のせいだ。

母親の容態はかなりいい方向に向かっている。今回は父親だった。目の前でいきなり血を吐かれた俺は、驚いたなんてもんじゃない。急性胃潰瘍《いかいよう》。長年のストレスのせいか、新しい職場でなにかあったのか、詳しいことはわからないが、とにかく親父の胃はボロボロだったのだ。最近の胃潰瘍は薬で治るとはいえ、入院を余儀《よぎ》なくされた。俺が福岡を離れるわけにはいかないし、両親とも入院中じゃ櫛形を呼ぶわけにもいかない。逢瀬《おうせ》は春休みに延期となった。マフラーは宅配便で送り、櫛形からはサンタの格好をしたパンダのマペットが届いた。本人はちょっとしたイジワルのつもりで送ったらしいが、俺はとても気に入って可愛がっている。

春までが、こんなに長く感じられたのは生まれて初めてだ。俺は升目《ますめ》になっているカレンダーに、毎日バツをつけながら過ごしていた。

離れていると、いろいろ心配になる。

なにしろ櫛形は可愛い。現在、俺は共学の公立校に通っているが、学校イチの美少女と言われている子だって、櫛形には遠く及ばない。そしてスズ高は男子校だ。男子校だからといって、男が好きな男がそう多いはずもないが、少なくとも俺はいつのまにかそうなっていた。俺以外にそういう奴がいないとは限らないではないか。

最近自覚したのだが、俺はわりと心配性、かつ嫉妬《しっと》深い人間だったらしい。

だが櫛形とのＬＩＮＥや電話では、つゆほどもそんな素振りは見せない。見せることはできない。身長一八五センチで筋肉質、ナリだけでもでかくてウザいだろうに、これ以上ウザくなったら嫌われてしまう。幸い生来《せいらい》の気質で、俺は思考が顔や言動に表れにくい。櫛形はなにも気がついていないだろう。たぶん櫛形は、俺のことを『オトナなヤツ』と思ってくれている。だがこと恋愛に関してだけはどうやら違っていたらしい。

「ねー、原さん」

ぼんやりしていたら、知らないうちに楓ちゃんが俺にピタッと寄り添っていた。

「え？　ああ、なに？」

「原さん、体操やってたんでしょ？」

「ああ。昔だけど」

「で、今は空手なんだよねー？」

「そう」

「だからこんなに腕太いんだね。わ。すごいカチカチ〜」

俺の二の腕にぶら下がるようにして楓ちゃんが言う。櫛形よりさらに細い腕と指だ。この子なら片腕一本で持ち上げられそうだ。

「楓。おまえなんで原にそんなベタベタすんの？」

「いいじゃんべつに〜」

「たいていの女の子は原を怖がるんだぞ」

「なんでよ」

「そりゃ……ええと、でかいから？」

って、俺に聞かないでくれ櫛形。

「だってあたし、原さんみたいな人、タイプなんだもーん」

ぎゅ、と腕にしがみつかれながらそんなことを言われ、俺は困惑した。だが櫛形の顔に不機嫌の色が表れたときには「わあ、俺ってば嫉妬してもらっちゃった……」というバカな喜びが生まれてしまう。

「フーン。そんなターミネーターみたいなのが好きなんだ」

「ターミネーターってなに？」

「昔の映画。こういうゴツイのが出てくる。アンドロイドだけど」

「へーえ。面白い？」

櫛形は「わりと」と答えて、俺たちから視線を外した。

おっとそろそろ離れないとまずい――が、楓ちゃんは木にしがみつく蟬《せみ》のように、俺の腕から剝《は》がれてくれない。チュチュのレースが潰れちゃっているのも気になる。

ちょうどそこでノックの音がした。

「直人くーん、そろそろメイクしまーす」

教室の先生だ。女性のメイクはしたことがない櫛形なので、今回は任せると言っていた。もともと、メイクはあまり得意ではないらしい。

「あらあら楓ちゃん、こんなとこにいたの。大《おお》先生が探してたわよ」

「わ、すみません」

「もう行きなさい。ここは男子控室なんだから」

そうだった。櫛形を見ているとついそのことを忘れてしまう。相変わらず俺の腕に絡みついたまま、楓ちゃんは渋々といった感じで「ハーイ」と楽屋を出る。櫛形も化粧しているところを見られるのは嫌かもしれないと思い、俺も腕を摑まれたまま「またあとでな」とだけ言い残して一緒に出た。

控室を出ると楓ちゃんはやっと俺から離れ、小さな顔を真っ直ぐこっちに向けて、

「直人ちゃんってさあ」

「え」

「膝に怪我したんでしょ。それでイギリスから帰ってきたんだよね」

そう聞いてきた。

本当のことだし、櫛形ももう隠していないので、俺は「そうだな」と肯定する。

「ふうん。ついてないよね。膝のことがなけりゃ、今頃ヨーロッパで一流の教育を受けてたんだろうね。かわいそ」

「まあ、そうかもな」

可哀想《かわいそう》なんていう言葉は、櫛形にはふさわしくない。少なくとも俺は嫌いだ。だがここで中学生にそんな説教をしても仕方ないので適当に受け流しておく。

「……難しいんだよ、男子が女子のバリエーションやるなんて」

「そうなのか」

「あんなに軽く動けるなんて嘘みたい。怪我したなんて、嘘みたい」

「嘘じゃないぞ」

「知ってるよ」

ぽつ、とこぼすように言って、楓ちゃんも女子用の控室に戻っていった。俺はひとりでロビーに戻り、長椅子に腰掛ける。スズ高の連中も公演を観に来る予定だが、まだ時間的に早い。

ぼんやりと座り、時間を持て余す。

自販機で買った缶コーヒーは甘すぎて口に合わなかった。それでも捨てるのはもったいないのでチビチビと飲む。よく磨《みが》かれたロビーのガラスに、でかい身体を小さくして缶コーヒーを啜《すす》る自分を見つけ、なんだかしょぼくれてるなと思う。

「なにしょぼくれてんだよ」

絶妙なタイミングでそんなセリフをぶつけてきたのが誰なのか、すぐわかった。今朝まで一緒にいた相手である。朝イチでトイレに行くときに俺を踏んづけた、我が親友だ。

「タカアキ。早いな」

「まーな。楽屋に激励に行こうかななんて思ってよ」

「櫛形はメイク中だ。……すごい花だな」

「これはウチのお袋から。王子の大ファンだかんな……ズピ」

春らしいピンクのバラの花束を抱えたまま、マスク姿のタカアキが俺の隣に腰掛けた。今年も花粉症は健在……なんだかおかしな日本語だが、つまり相変わらずヘクション、ズルズルとやっている委員長である。

「で？　なんか背中がわびしいですよ原くん。愛する王子の晴れ舞台だってのに、どったの」

「……タカアキ」

「アン？」

「俺は東京に来て、四日めなんだよな」

「だな」

「そのうち二泊は、おまえんちに泊めてもらってるよな」

「だな」

最初の日は今は空き家となっている、自分の家に泊まった。不動産屋に短期の借り主を探してもらっているのだが、なかなか見つからないのである。

「あいつの……櫛形のレッスンや通し稽古の見学に行っている時間を除くと、俺はほとんどおまえとメシを食ったり、ダベったりしてる気がするんだよな」

「気がするんじゃなくて、実際そうだろ」

「……なんだか、俺はおまえに会いに来たみたいだ」

タカアキが眉毛を八の字にしたあとなにか言おうとして、クシャミに阻《はば》まれる。

「ぶえっくしょ！　あー、くそ、ズピ。……ハラセン、おまえ、それはアレか、もしかして俺に告ってるのか」

「なんでそうなるんだ。そんな鼻水まみれの男に愛なんか告白するか」

「ひどいねえ……。とするとアレか。いやーん、直人クン、あたしがはるばる福岡から会いに来たのに、どうしてバレエのレッスンばっかりしてるのぉー、ってことか」

「なんで女言葉なんだ」

「でもそういうことなんだろ」

「………」

「沈黙をもって肯定《こうてい》となす」

「いや、そうじゃなくて……なんというかつまり……」

なんだかひとりで、おいてけぼりをくらったような気分なのだ。こっちに戻ってきてから、何度か櫛形とふたりきりになるチャンスはあった。けれど櫛形から俺に触れてくることは一度もなかったし、俺が触れようとすると、ビクリと竦《すく》まれてしまう。

「微妙に、避けられてるような気がする」

新大阪駅で人目も憚《はばか》らず抱き合ったのが嘘みたいだ。もしかしたら櫛形は以前ほど俺のことを想っていないのだろうかなどと悩んだりもした。だからこそ、さっきチラリと嫉妬の気配が見られて嬉しかったのだ。

「んなことねーだろ。今はバレエのことで頭がいっぱいなんじゃねーの？　王子はわりかし不器用なタイプだから、おまえもバレエもって、ふたついっぺんに集中すんのは難しいんだろ」

「……そうかな」

櫛形にとって、バレエがどれだけ大切なものなのか、よくわかっているつもりだった。

なのに今の俺は、心のどこかで早く公演が終わらないかと思っている。早く始まらないか、ならばともかく、早く終わらないかと考えている自分が本当に情けない。

——ただの、小さいバレエ教室の発表会なんだけどさ。

ゲスト出演が決まったとき、櫛形は電話で言っていた。

——一応、衣装もちゃんとつけるし……昔世話になった先生なんかも見てくれるわけだし、これからバレエやろうっていう子供なんかも見るし。あんまりヘンなモンは見せられねーよな。うん、膝はさ、わりと順調なんだ。例の担当の医者が鍼《はり》治療紹介してくれて、そっちも平行して行ってンの。ちょっと遠くて、片道一時間かかんだけど、これがなかなか効くんだわ……。

週に二度往復二時間かけて、櫛形は鍼治療に通っている。

学校が終わってからだと、戻るのは夜の九時になることもあると言う。それでも、面倒だとも、大変だとも一言も言わなかった。

——たまに、ジュニアクラスで伯母さんの手伝いもしてんだ。子供に教えるのって結構楽しいぜ。一度タカアキが遊びに来てさ、俺んこと「王子」って呼ぶもんだから、それ以来チビッコたちが「おーじ、おーじ」ってうるさくてさあ……。

そんな話も聞いた。

子供たちに囲まれる櫛形の姿を想像して、なんだか俺まですごく嬉しくなった。

ただ、ときどき、ふと櫛形を遠く感じることがある。バレエに櫛形を取られてしまったような……自分でもバカな考えだとはわかっているけれど、そう感じてしまう瞬間があるのは本当だ。こういうのは理屈ではないらしい。

「タカアキ」

「アア？」

「俺は……がっついてるんだろうか」

「はい？　なにそれ。どういう意味」

バラの花の向こうから、本当にわからないという顔で聞かれてしまう。

「だからな。なんというか、独占欲というか……そういうのが強すぎるのかな。櫛形にとってバレエは最優先だとわかっていても、こう……寂しいような気分になったり」

「普通だろ？　みんなそういうもんじゃねえの？」

「そうなのか」

「だと思うぞ。……けどねおまえ、そういうふうに考えてること、相変わらず顔にはこれっぽっちも出てないぞ」

「顔に出すのも問題だろう」

「王子にだけ見せりゃいいんだよ」

「カッコ悪いじゃないか」

「誰かに惚れると、みんなカッコ悪くなんの」

呆《あき》れたように、タカアキが言う。

「ヒトってのは、そういう生き物なの。新大阪駅で我を忘れたくせに、今さらなにカッコつけて……イっぐしょいッッ！」

身体を揺らす勢いで、タカアキはひときわ大きなクシャミをする。そして、

「……うあー、だみだ。こんなんじゃほかの観客に迷惑だから、俺薬飲んでくるわ。ハラセン、おまえこの花、王子に届けといて」

そう言ってファンシーな花束を俺に押しつけた。

「楽屋に行かないのか」

「舞台が終わってからにする。ちっと水買ってくるわ」

売店のあるフロアに向かったタカアキの背中と花束を交互に見て、俺は再び小さくため息をついた。花束に顔を埋めるようにすると、春の匂いがする。

「ちゃんと、踊れるかなあ」

ふと耳に入った幼い声に、俺は顔を上げた。

小さな女の子が母親とともにロビーを横切っている。彼女も教室の生徒さんなのだろう。妖精のような可愛いコスチュームにお団子頭。だが顔は緊張で引きつり、「大丈夫よ、ちゃんとやれるわよ」と笑う母親の顔を、縋《すが》るように見つめている。

櫛形にも、あんな頃があったのかなと想像する。

小さな頃からずっとずっと踊ってきた櫛形。

怪我という試練と、今も必死に戦っている櫛形に……俺がしてやれることはなにもない。

ならばせめて、邪魔をせずに見守っているべきだろう。三日後、俺は福岡に戻らなければならないが、今日の発表会が終われば、櫛形も少しは気持ちに余裕が出るはずだ。最後の日くらいは一緒に過ごせると思う。

腕時計を見る。そろそろメイクも終わっている頃だ。俺はタカアキから預かった花を渡すべく、再び楽屋に向かった。

ドアを軽くノックしたが、返事がない。

「櫛形」

鍵はかかっていなかった。声をかけながらゆっくり開けると、椅子に座ったままうつむいている櫛形が見える。どこか頑《かたく》なな背中に向かって、俺はもう一度声をかけた。

「櫛形、どうした？」

「あ」

やっと気がついた櫛形がメイクのすんだ顔を上げる。そして俺の持っている花束を見つけて

「お、どうしたのそれ」と笑う。

「タカアキのお袋さんからだそうだ。あいつも舞台が終わったら楽屋に寄るって」

「そっか。サンキュ……どうよ、このカオ。ツケマすげーだろ？」

「ああ……そうだな」

確かにすごい。バサバサなつけ睫《まつげ》もだし、アイシャドウもアイラインもすごい。だが舞台メイクというのはこんなものなのだろうし、それよりも俺は櫛形が笑顔を咄嗟《とっさ》に作ったことのほうが気になっていた。その直前までは、ひどく硬い表情だったのだ。

「俺、もしかして邪魔だったか？」

「なんで」

「本番前だし……なんか、集中してたみたいだし。いいんだ、もう行くから。頑張れよって言いに来ただけだから」

「ま、待てよ、原」

ガシャンとパイプ椅子の音を立てて櫛形が立ち上がる。扉を閉じかけた俺は、せっぱ詰まったようなその声に少し驚き、再び楽屋の中に戻った。

櫛形の前に立つと、細い指が俺のパーカーの袖をギュッと握る。

「も……もうちょっと、いてくんない？」

「そりゃもちろんいいけど……櫛形？　おまえ震えてんのか？」

「ハハ、なんかキンチョーしてきちまって……おかしいよな、たかだか教室の発表会なのに、なんでこんなに……」

細かく震えている村娘の背中を、俺はそっと片腕だけで抱いた。

「たかだかじゃないだろ。大切な舞台だって、おまえ言ってたじゃないか」

「う、うん……」

露《あらわ》なうなじが冷たくなっている。胸に花束を抱えたまま、櫛形はせわしなく手を握ったり開いたりしていた。ぎこちない笑みは、なんとか自分の緊張を誤魔化そうとしているに違いない。

「ゆ、指先が妙に冷たくなっちゃってさ……ハハ、ヤバイよな……こんな緊張しちまってたら、まともに動けないような気がしてくる。こんなの、滅多《めった》にないんだけど、なんか……」

子供の頃から何度も発表会やコンクールをこなし、舞台慣れしているはずの櫛形が、今はぎりぎりまでテンションを高めていた。こんな櫛形は初めてで、俺も少し驚いたのだが、それはあえて顔に出さずに「なに言ってんだよ」といつも通りの調子で返した。

「緊張してあたりまえだろ。俺だって何度大会に出ても、やっぱし直前にはめちゃナーバスになったぞ」

「おまえも？」

「ああ。体操競技も、一発勝負だからな。そりゃプレッシャーはかかる。着地がうまく決まらなかったらとか、鞍馬《あんば》から落ちたらどうしようとか……。いくら練習したって、本番でどうなるかなんてわからないし」

「――そう、だよな」

俺は櫛形の手を握り込んだ。

本当に冷たくなっている指先に、自分の体温を分けてやりながら顔を覗《のぞ》き込んだ。すごいメイクをしていても、やっぱり可愛い。バサバサ睫の下、大きな目がちょっとウルッとしてて、もう危険なほど可愛い。

「けど、始まってみると、結構やれちゃうもんだろ。最初のうちは緊張で力みすぎてても、少しずつ調子は取り戻せる。少なくとも、俺はそうだったけどな」

「俺も……うん、音楽がちゃんと耳に入ってくれば大丈夫なんだ。音楽が身体に……なんつうか、浸透してくみたいになればもう……ちゃんと、舞台の世界に入っていける……」

すうっ、とごく自然に櫛形の肩から力が抜けていくのが、俺にもわかった。

舞台での自分の有り様《あよう》を思い出したのだろう。もう大丈夫だ。怪我によるブランクが、ほんのちょっとばかり櫛形を臆病にしていただけなのだ。

「サンキュ、原。ちょっと落ち着いてきた」

櫛形は礼とともに俺を見上げて、ちょっと口ごもりつつ言葉を続ける。

「ええとさ……あとさ、俺、すげー嬉しいんだ」

「嬉しい？」

「ウン。おまえに舞台見てもらえるの……嬉しいんだ。だって、おまえがあんとき、すずなり祭んとき、一緒に踊ろうって言ってくれなかったら……。俺、全部諦めて、投げやりなまま、こうやって舞台に立とうとはしなかったと思うし」

そんなふうに、思っててくれたのか。俺は嬉しくて胸が詰まり「ああ」としか返せない。いくらなんでもそれじゃ愛想がなさすぎだなと気づき、

「おまえには、やっぱり舞台が似合うよ」

とつけ足した。

「そっかな……ウン。原、ホント、おまえって……」

小さな顎がさらに上がり、櫛形は熱心に俺を見つめる。その目がなんとも色っぽく細められたかと思うと、袖を摑んでいた腕が俺の首に回されて引き寄せられた。

くちづけて……そのまま抱きしめて、押し倒して、身体じゅうを撫でまくりたい。胸一杯に櫛形の匂いを嗅《か》いで、この腕に閉じ込めて、泣いても暴れても出してやりたくない——。

やばい欲望が下半身と脳髄を同時に突き上げてきて、俺は思わず拳《こぶし》を固めた。

だめだだめだ。今ここでキスなんかしたら、暴走する欲望を止める自信がない。

「だめだ」

近づいてくる唇から、逃げるように後ずさった。

「原？」

「口紅が……せっかくのメイクが崩れるだろ」

顔を背けたのは動揺しているのを知られたくなかったからだ。こんな場所で、しかも櫛形の大切な舞台の前に獣みたいな欲情を抱えているだなんて、いくら青春十七歳、いやもうすぐ十八歳とは言えあまりにあからさまで恥ずかしすぎる。

「どうしたんだよ、原。おまえ、なんかヘンだぞ」

「いや、ヘンじゃない」

「ヘンだって。……最近、なんか不機嫌だったりしないか？」

どきりとした。勘づかれている。

だが、やっぱり「だっておまえが俺のことほっとくから」とは言えない。惚れた相手に格好つけるなとタカアキは言うが、惚れた相手にこそ格好つけたいのもまた真実だ。

「そんなことはない。いつもと同じだ」

「嘘つけ。顔に出なくても俺にはなんとなく、わかんだぞ。絶対おまえの様子ヘンだよ。……それにさ、おまえ、ちょっとあいつ甘やかしすぎなんじゃねえ？」

「あいつ？」

「楓だよ」

「ああ……いや、べつに甘やかしてるつもりは」

だいたい、なんで俺があの子を甘やかさなきゃならないんだ。ほんの数日前までまったく知らなかった子だぞ？　今だってよくは知らない。ただ、おまえの関係者だから素っ気なくならないように気をつけているってだけだ。

「おまえアレなの？　ああいうほっそい子がタイプなの？」

「……は？」

「ベタベタされて、実は嬉しいんじゃねーの？　あいつ性格はともかく、顔は可愛いもんな。胸はぜんぜんねーけどさ。……けど、少なくとも俺よかあるし」

「櫛形、おまえなにを言ってるんだ？　おまえ胸が欲しいのか？」

「誰がそんな話してんだよっ」

櫛形はプイと横を向いて、今度はとんでもないことを言った。

「べつにいいんだぜ、おまえが、やっぱ女の子のほうがいいって言うんなら……。そりゃ、仕方ねーしさ」

……言っていいことと、悪いことがある。

俺は言葉もないまま、櫛形を睨《にら》みつける。これでも、発表会がすむまではと、俺なりにいろいろ譲歩《じょうほ》してきたつもりだった。雑誌で『春休みの東京デートスポット特集！』を下調べして、あそこに行こう、こっちにも行こうと考えていた計画はすべて無駄になったが、それでも文句も言わなかったし、腹を立てたりもしなかった。

なのに、どうしてこんなふうに責められなきゃならないんだ。

「……そのほうが、都合がいいのか」

「え?」

俺の低い声に、櫛形が少し身体を後ろに退いた。

「俺が、女の子のほうがいいって言ったほうが、おまえにも都合がいいのか? そのほうがレッスンに専念できていいってことか?」

「ちが、なに言って」

「こんな忙しい時期に来るんじゃねえよって、本当は思ってたんじゃないのか?」

「だっ、誰もそんなこと言ってねーだろッ。なんでそんなひねくれた考えかた」

「だけどおまえの言い分は、そういうふうに聞こえる」

「勝手に脳内変換してんじゃねえよ! だいたいな、」

――きゃあッ!

櫛形の言葉の途中で、どこからか女の子の叫ぶ声が聞こえてきた。

続いて複数の悲鳴。

俺たちは言い争いをやめて顔を見合わせ、急いで楽屋を出た。悲鳴は廊下の先、一階の舞台袖に繋がる関係者用階段のところからだった。

「どうしたんだ?」

支度をすませた生徒たちのひとりが、櫛形の声に半ベソ顔で振り返った。

「か……楓ちゃんが……」

半フロア分下の踊り場で、楓ちゃんが横向きに倒れている。

せっかく結《ゆ》った髪は乱れ、自分の膝を抱えて顔を歪め、声を殺しているのがわかる。

「楓！」

俺が動くより早く階段を駆け下りた櫛形の横顔は、まるで自分が転んだかのように、真っ青だった。

「あたしは踊りたかったのに！」

発表会も終わり、バレエ教室での打ち上げももうすぐ終了という頃になって、楓はプリプリ怒りながら現れた。相変わらずうるさい従妹だ。

「骨折でもなんでもないのに、踊れるって言ったのに、みんなしてダメダメって！　今までのレッスンが全部無駄になっちゃったじゃん！」

病院で貸してくれた杖ついて歩いてるくせに、なにが踊れるだ。これだから、怪我の怖さを知らないガキは困るんだよ。

ここはガツンと言ってやんなきゃと思ったとき、俺より先に原が口を開いた。

「捻挫《ねんざ》を甘く見ちゃいけない。炎症を起こしているときに無理に動かすと、あとで大変なことになるぞ」

「ひどォい。原さんまで」

「楓、いい加減にしなさい。まず原さんにお礼を言うのが先でしょ」

唇を尖らせている楓を、一緒にいた大先生、かつ伯母が窘《たしな》める。階段から転がり落ちた楓を抱き上げ、タクシーまで運んだのは原なのだ。

いわゆるお姫様抱っこってヤツだけど、なんつーか……サマになってた。俺のときは荷物みてーに担《かつ》がれたのにな。ま、実際楓がひっくり返ってるのを見つけたときは、そんなくだらないこと考える余裕はなかったけどね。

怪我人を見るのは嫌なものだ。

……どうしても、自分のあの瞬間を思い出してしまう。

「原さん、ありがとうございました！」

「いや」

「あたし重かった？」

「軽かった」

うふふ、と楓が笑う。そして、

「原さん、ジュースちょうだぁい」

伯母がほかへの挨拶《あいさつ》に行ったのをしっかり見届けてから、また原に甘え始める。原はチラと俺を見たあと、怪我人だしな、と言い訳みたいに呟いてグラスにオレンジジュースを注いでやった。

すると、杖ではなく、原の腕に寄りかかるようにした楓が、

「そっちじゃなくて、グレープフルーツがいい～」

と言って原を困らせる。グレープフルーツの瓶はもう空だったのだ。

「コラ楓。黙ってオレンジ飲んどけよ」

「直人ちゃんじゃなくて、原さんに頼んでんの」

「原、おまえもいちいち言うこと聞くな」

「そうか？」

「そうだ。おまえは楓のマネージャーじゃなくて、俺のダチだろうが」

「……まあそうだな」

原は少し笑い、楓にオレンジジュースを再び差し出す。それでも、ふくれた中学生に椅子を用意してやり「早く治るといいな」と言ってやるあたり、こいつは本当に優しい男だ。

楓は頷き、続けて俺をチラリと見た。俺は先輩として、

「治るまで無理すんなよ。でもストレッチはさぼるな」

と、非常にためになるアドバイスをしてやる。なのにメイクを取ればまだ幼い顔の後輩は「さぼったりしないもん」と言い捨て、ツンと横を向きやがった。まったく、しょーがないガキだよ。

俺と原は顔を見合わせて、少し笑った。

楽屋での、売り言葉に買い言葉のような口ゲンカはあとを引いていない。あのあと、楓が怪我をしてしまったことで、みんなはずいぶん動揺した。俺もそれなりに動揺したのだが、小さな子たちが不安な顔をしている以上、それを表には出せない。大丈夫だよと、みんなを夢中で宥めているうちに、開演時間が間近になった。こんなにバタバタしてて大丈夫だろうかという不安が頭を横切ったとき、原が俺の背中を軽く叩きながら、

「楽しんでこい」

そう言った。頑張ってこいではなく。

「客席にいる。……おまえを、見てる」

少しだけ笑みを見せ、楽屋から出ていった原の背中を見送りながら、俺はさっきの口ゲンカを反省した。ちょっとでもヘンな疑いを抱いたりして……バカだった。原がどんなに無口だって、その目を見てりゃ、誰に惚れてるかなんて一目瞭然《いちもくりょうぜん》だってのに。

「なんか俺、めちゃめちゃ部外者だけど、ここにいていいのかなァ」

コーラの入ったグラスを手に、ボソリと呟いたのはタカアキだ。

「いんだよ、俺が来いっつったんだから」

「そ？　じゃ、遠慮なく寿司も食っちゃおうっと」

どこにでもわりとすぐ馴染《なじ》む委員長が、マグロを摘《つま》んで口に押し込み「鼻が詰まってるからいまいち味がわからん」と呟く。じゃあもっと安いネタを食え。

打ち上げパーティと言っても、ちょっとしたケータリング料理とドリンクが並んでいるだけの簡単なものだ。それでもみんな、自分のすべきことをやり終えた達成感からか実に楽しそうにしている。キッズクラスも、舞台でひっくり返って泣き出す子もおらず、できのいい発表会だったと思う。唯一、このバレエ教室では一、二を争う有望株の楓が出演できなかったのは残念だが、それは誰のせいでもなく、転んだ本人が悪い。

「お、そうだそうだ。俺王子の踊ってる動画撮ったぞ。画面小さいけど見るか？」

イクラを食べたあとでタカアキが言い、スマホを取り出した。

「えー？　いいよ、こんなとこで」

「照れるな照れるな」

「あとでゆっくり見れば……」

「あたし見たい！」

強い希望を表したのは楓だ。椅子から立ち上がり、ひょこひょこと足を引きずってタカアキにかぶりつく。発表会がどうだったのか一番気になっているのは、出演できなかった楓なのだろう。

「……信じられない。男のくせに、なんでこんな可憐な村娘になってんの？　首、きれい……ジュテが高い……体重はどこに行っちゃったのよ。背中……そっか、腹筋と背筋のバランスがいいんだ……シェネの安定感……憎い……」

楓は夢中で小さな画面を見ている。この生意気な十四歳は、バレエ教室の娘として生まれたが、親から強制されたわけではなく、自分の意思で踊り続けてきた。本当にバレエが好きなのだ。なのにしばらくレッスンに出られないのはつらいだろう。そのつらさが、俺にはよくわかる。今夜、楓はひとりになってから泣くに違いない。怪我をしたのが自分の責任なのは、楓自身が一番わかっている。だからこそ、悔し涙で枕にでかい染みを作るだろう。

打ち上げが終わったのは八時すぎだった。

最後まで残ってたのはアルコールも入ってる大人クラスの生徒さんとスタッフや先生たちで、成人と誤解された原は缶ビールを二本空けていた。高校生とわかっていた大人たちが、気がついたときには遅かった。

「原って、酒強いのな。顔色ぜんぜん変わらないじゃん」

帰り道、原とタカアキに挟まれて歩きながら言う。

「そうだな。親父も飲んでも変わらないから、遺伝かな」

「タカアキも飲めばよかったじゃん」

「俺は結構赤くなんだよ。今日はオヤジが家にいっから、殴られるのはごめんだ」

「そっか。……しかしアレだよな、楓のヤツ、やっぱ原にすんげーベタベタしてたよな。ごつい男が好みなのかなあ」

右隣にいる原は「さあな」としか言わなかったが、左から意外な言葉が返ってきた。

「わっ、王子ってば気がついてないのか。わりと鈍いんだなー」

「なんだよ、鈍いってのはよ」

タカアキはマスクをしているせいですぐ曇るメガネを気にしながら、俺の顔を覗き込む。

「楓ちゃんがラブなのは、原じゃねーって。王子にだって」

「へ？　なんでそうなんだよ？」

「原にちょっかい出して、王子の反応を……ぶえきしゅ！　窺《うかが》ってんだよ。だから途中でおまえが席外したときは、原のほうなんかチラリとも見なかったぜ。なあ？」

タカアキの言葉に、原が「む。そういえば」と視線を泳がせる。

「……なに、じゃ、あいつ俺のことが好きなの？」

「そうそう」

「でも、なんで？」

「なんでって、王子……」

タカアキにぽむ、と背中を叩かれた。

「そりゃ、やっぱダンサーとして憧《あこが》れてるし、尊敬してんだと思うぞ。あの子、あのあともこっそり俺のとこに来て、動画もう一回見せて、なんて言ってたもん」

そういえば楓は、俺のレッスンをよく熱心に見学している。最初のうちはこっそり見ていたけど、部屋に入って見てもいいぞと言ったら珍しく「ありがとう」ときちんと礼を言って、レッスン室の隅でじっと目をこらしていた。

「けどさ、タカアキ。憧れと、好きっていう感情は別なんじゃないか？」

「別のときもあるし、一緒のときもあんの」

「そんなもんか？」

「そんなもんだ。あと、おまえ男子校にいるから忘れがちなのかもしれんが、すんげえイケメンなんだからな？　女の子たちがキャーッてなるプリンス顔してんだぞ？　モテてもぜんぜん不思議じゃないのよ？」

　タカアキはそう言うのだが、俺にはピンとこない。

「周りは女ばっかの人生だったけど、モテたことねえぞ？」

「王子はわりと鈍いからな……気がついてないだけだよ。なあ原？」

「そうかもしれないが、困る」

　だが原の返事はなんだかおかしかった。

「は？　なにが困るんだ？」

「いくらモテても、楓ちゃんが可愛くても、櫛形をやるわけにはいかない」

「なっ……、おまっ、なに言い出すんだよ！」

　思わず声がひっくり返った俺だが、原は平然と「櫛形は、俺のだからな」などと続ける。どうしたんだよ、こいつ。第三者がいるときには、絶対そういうこと言わないタイプだと思ってたんだけど……。

「あ、おまえ酒が回ってんな？」

　タカアキは、俺の頭越しに原をまじまじと見つめてそう指摘した。え、そうなの？　俺も一緒になって原を見たけど、歩き方もしっかりしてるし、顔もふだんと変わらないような……でも、目がちょっとトロンとしてるか？

「櫛形は俺のだ」

姿勢よく、真っ直ぐ歩きながら、大真面目に原が繰り返す。ちなみに、タカアキは俺たちがただのお友達ではないのは知っている。クリスマスに原がこっちに来られないとわかったとき、あんまりがっかりしたんで愚痴《ぐち》の相手もしてもらった。それでも、三人でいるときはあくまで友達としてふるまってきたのに……。

「櫛形は俺の……」

「わーっ、わかったからやめろっ。同じこと何度言うんだっ！」

なんかもう、飲んでもいない俺の顔が赤くなってくる。

「原は酒が入るといくらか素直になるんだなあ。よし、わかった。王子はおまえだけのもんだ。誰も取りゃしねーから安心しろ」

「うん」

原は満足げに頷いて、なにを思ったか俺の頭を撫で撫でしている。まるで猫扱いだな。それだけならばまだしも、

「じゃあ、持って帰っていいか」

と聞くのだ。俺はモノか！　しかも俺本人じゃなくてなぜにタカアキに聞くのか！

「あ、お客様お持ち帰りで。お包みしましょうか」

「このままでいい」

このへんになると、酔っぱらってるのかふざけてるのかもうわからない。

「てめーら、俺で遊ぶな！」

怒鳴る俺の頭を、タカアキまでが撫でくり回した。

「お持ち帰りされてやんなよ、王子。原はずいぶん待ってたんだぜ。発表会終わって、王子とゆっくり過ごすのをさ。福岡に戻らなきゃなんない日も近いし」

「それは……俺だって……」

「櫛形」

今度は原に呼ばれる。

俺たちはちょうど交差点に差しかかっていた。左折すれば原の家。真っ直ぐ進めば駅で、俺は電車に少しだけ乗れば自宅に帰ることができる。

「櫛形……その……」

立ち止まったまま、原が口ごもる。

街灯に照らし出された顔が俺をじっと見つめ、唇はかすかに動くけれど次の言葉が出てこない。一緒にうちに帰ろう……その一言は、酔いの手伝いがあってもなかなか言えないらしい。一緒に帰るってことは、つまり原とふたりきりになるってことで、それはつまり原と……その、そういうことをするってことで。

……待てよ。でもこいつ、今日俺がキスしようとしたらすげー勢いで逃げたんだよな。いったいありゃなんだったわけ？　だいたいさ、こっち戻ってから、俺に触ろうともしなかったし、そしたら俺だってくっついたりはできないじゃん。半年ぶりだから、なんつーか、緊張っていうんでもないけど……俺だって、こいつの顔見たらドキドキしたりはするんだし、いつ抱きしめられるかって、身構えたりさあ。距離感、難しいんだよ。悩むんだよ。

「もしもし？　なんか、ふたりの世界に入ってませんか？」

タカアキがマスクをびよーんと伸ばして遊びながら俺たちに言う。

「まあ何時間でも迷っててくれ。それもまた青春だ！　王子は補導されないように、原は職質されないように気をつけてな、じゃ、俺行くわ」

お見合い状態で固まったままの俺たちを見比べ、タカアキはあっさりと行ってしまう。つきあいきれねーよ、というポーズがヤツなりの気の遣い方なのはわかっていた。俺が「またな」と声をかけると、背中を見せたままで軽く片手を上げる。

そしてふたりきりだ。

夜の舗道、住宅街なので人通りは少ない。とはいえ、いつまでもぼーっと立ち尽くしているわけにもいかない。俺はともかく、原はでかいので目立つ。

……でかいくせに、なんて顔してんだよ。

可愛がってくれた一家がいきなり引っ越し、置いてかれたグレートデンの成犬みたいだ。酒が入ると表情もいくらかわかりやすくなるんだなあ、こいつ。

わかった。わかりましたよ。

そんなナリして、原は結構乙女だったわけだ。

俺が、先に一歩出てやる。男らしく、おまえの手を取って言ってやる。不安がぜんぜんないわけじゃないけどな、でもいいよ。おまえのこと好きだもんよ。

「行くぜ」

手を握るのはなんか恥ずかしくて、原の手首を乱暴に摑んで言った。

「……どこに？」

「おまえんち。泊めてくれんだろ？」

「……ああ」

「布団、ちゃんとあんのかよ」

「ある」

「干してあんの？　ずっと無人だったんだろ？」

「戻ってきた最初の日に、干した。タオルも洗濯してある。部屋も、風呂場も、ついでにご先祖様の仏壇も……」

「わかった、わかった」

準備万端ってわけね。いや、仏壇関係ないけど。あーもう、耳が熱くなって困る。

原の腕を摑み、引っ張るように歩く。少ししてから振り向くと、原は俺に引っ張られるのが、なんだか嬉しいみたいだった。

こういう原を見ると、可愛い奴だよなと思ってしまうのだ。


だが。

原が可愛かったのは、俺を押し倒すまでだった。

「おいっ、ちょっと、待てってって！」

「待たない」

「なに焦ってんだよおまえっ！　うわ！　ふがっ！　このやろ……人をセンベイみたいに何度もひっくり返すなっ！」

「……なんでジーンズって、こんなに脱がしにくいんだ？」

和室に敷かれた布団の上で、俺は半ば強引に服を剝《む》かれている。乱暴ではないが、有無を言わせぬその手つきは、いつもの穏やかな原とは違っていた。

「原、落ち着けってばっ、おまえいつまで酔っぱらって……」

言葉の途中、膝立ちの姿勢で強く抱きしめられる。

ジーンズは膝まで落ち、シャツはボタンが半分外されたというマヌケな格好で、俺は息もできない抱擁《ほうよう》と、それに続いたくちづけに翻弄《ほんろう》された。原の強い感情が……あるいは欲情が伝わってきて、速い鼓動が俺の肋骨《ろっこつ》にも響いて、こっちまで引きずられそうだ。

「う……、はっふ……はぁ……」

やっと唇が解放され、俺は原の腕にしがみついたまま空気を貪る。なんで俺はいっつも、鼻で息するの忘れちまうんだろ。キスで窒息死なんてシャレにならん。

「……一応、言っておくけど、もう酔ってないぞ」

腕の中に俺を閉じ込めたまま、原は囁く。

「う、嘘つけ」

「本当だ。もう醒《さ》めてる。焦ってんのは、単におまえに早く触りたいだけだ」

「触ってんじゃん」

「もっと、直接……ぜんぶ」

言葉とともに、手のひらがシャツをかいくぐって胸を撫でさする。原に触られるのは気持ちよくて、でもこの勢いに流される前に聞いておかなきゃならないことがある。

「……だ……だけど、おまえ、俺のこと、避けてたじゃん……」

「俺が？」

「が、楽屋で、俺が顔近づけたとき……あっ……」

つ、と指先が尖りを掠めた。

俺の反応を受けて、原が今度はじっくりとそこを弄《いじ》り始める。やばい……俺の場合、そこと下半身の感覚が関連してるみたいで、刺激されるとなんか変な感じになる。

「あのときは我慢の限界に近かったんだ。キスなんかしたら……おまえを押し倒してメイクと衣装をぐちゃぐちゃにしそうで」

「そ、そんだけのことかよっ」

「ぐちゃぐちゃにしてもよかったのか？」

「いいわけねーだろ！　ブン殴るけど！　……あっ……んんっ、つ、摘むなっ」

「おまえのここ、すぐ硬くなる……」

「うるさいっ」

「なんで櫛形はこんなに可愛いんだろう……」

人の乳首を真剣な顔で弄りながら、感心したように原は言う。

だがカワイイなんてのは、こいつの語彙《ごい》じゃない。仮に思ってたとしても、口には出さないのがハラセンのはずだ。

「やっぱ、おまえまだ酔ってる！」

「……もしかしたら、少しだけそうかもしれない」

原らしい、真面目でちょっとマヌケな返事だった。

「けど、酔ってなくても、同じことしたと思う。……櫛形、こういうの、いやか？」

ぷに、と指で乳首を押されて、俺は身を竦ませた。

「い、いやだって言ったら、やめんのかおまえは！」

「いや、たぶんもう無理」

「じゃあ聞くな！」

プイと顔を背けたのは恥ずかしかったからだ。いやじゃないよ、なんて言えるか。おまえにならされてもいいよ、なんて――うわっ、想像しただけで叫び出しそうだ。

言えないけど、覚悟は決めてんだよ。

俺だってこの半年、原に触ってもらいたかった。そして原に触りたかった。気持ちとか心とか、そういうのが大切ってのはわかるけど、でも心と体は切り離せないんだし……なら、エロいことしたくなるのは当然じゃん。俺だけしたくてもだめだし、原だけがしたくてもやっぱりだめだけど……ふたりともしたいなら、すればいいんだ。

黙ったまま、原の首に腕を巻きつけることで、その気持ちを伝える。

見つめ合って、額にキスされる。

ゆっくりと体重をかけられて、背中がシーツについた。

「ここ、舐めたりしてもいいか？」

ツンと尖ってしまった乳首を指差して聞く。ホントもう、そういうのやめろ。聞かれる身にもなってほしい。

「いちいち聞くな、好きにしろっ」

「わかった」

原の顔が伏せられ、舌先でくすぐられる。

「……っ」

あ、これ、やばい。予想以上に気持ちいい。

ぶっちゃけ、自分のナニに自分で触ることはできるし、健康な男子としては定期的にひとりでするわけだし、でも自分の乳首をどうこうって発想はなくて、あったとしても、自分で舐めるのは不可能なわけで。

ちゅっ、と聞こえてきた音が、なんつーか、その手の動画みたいでいやらしい。ああいう世界の感じた素振りは演技だろうけど、俺にはそんな余裕があるはずもなく、おかしな声が漏れそうになるのを抑え込むのに必死だ。

「んっ、ん……」

それでもときどき鼻から抜けてしまう音を、原は注意深く聞いていて、俺がなにをされると弱いのかすぐに察知する。優しく摑んで、ちょっとだけ引っ張ってみたり。すぐに離して、舌で優しくあやしてみたり——。

デニムと下着はもう足首から抜かれ、でもシャツは相変わらず肘から先に絡みついている。これ、自分で脱いだほうがいいのだろうかなどと考えているうちに、

「や……っ！」

ふいに原の頭が下がって、とんでもないところに舌を這わせようとした。

「な、なにしてんだよっ、ダメだって！」

「好きにしろって言った」

「言ったけど……、わっ」

閉じようとした脚を、ぐいと広げられる。

原の頭がさらに下がる瞬間を、俺はとても見ていられなかった。同時に、自分のものが生温かいところに包まれて、心の中で何度もやばい、って繰り返す。俺もたいがい語彙が乏しい。

「……う……」

先っぽを舐めていた舌が、くびれにぐるんと巻きつく。軽く扱《しご》かれて、背中にぞわぞわと痺れが走った。こいつ、こういうのどこで覚えたわけ？　……そんなことが一瞬浮かぶけれど、次の瞬間、また深く銜《くわ》えられて疑問はふっ飛んでしまう。俺にとってはもちろん初体験で、自分の中の理性とかカッコつけとか、そういうものがボロボロと崩壊していくのがわかった。

「はぁ……んっ……く」

手足の力はトロンと抜け、でも腹筋はヒクヒクと緊張する。俺は上擦《うわず》る声を噛み殺せない。

「あ……は、らァ」

「そんな声で呼ばれると、俺のほうがやばい……」

呟きとともに原がそこから唇を離す。思わず俺は、

「あ、あ、あ……も、おわり……？」

などと聞いてしまう。……だって男の子だもん。

「もっと？」

俺の股間から顔を上げて原が聞く。いやらしいけど、気持ちいいからしょうがない。素直に欲望を言葉にできる相手は、とても限られているんだし。

「も……もっと」

「もっと、なに？」

「もっと……して」

「なにを？」

「……てめえ、蹴るぞ」

なにエロオヤジみたいなこと言ってんだよ。眉間に皺《しわ》を寄せた俺に、原が慌てて「嘘だ。すまん」と謝る。それから再び顔を伏せ、今度はさっきよりいくらか荒々しい感じでオーラルを続けてくれた。あとでお返ししなくちゃなあ、などと思いつつ、たいした時間もかけずに俺は追い詰められてしまい、太腿がヒクヒクと震え出す。

「は、原っ……もう、離……」

いやがってるのになかなかやめないので、原の頭をペチペチ叩いて訴えた。

「……このまま、出していいぞ」

「や、やだっ。それ、やだ！」

本当にいやだったので、さらに叩く。ペチペチというよりポカポカになって、原がやっと「わかったわかった」と離れてくれた。いやっていうか……なんか、申しわけないっていうか、まだ早すぎるっていうか……よくわからないけど、とにかく抵抗があったんだ。

原が身体を起こし、改めて俺を抱きしめて、俺も奴の身体に腕を回してギュッとして、ふたり同時にため息をついた。

「……きつそう。脱げば？」

原はまだ服を着てて、なにがきつそうなのかは言うまでもなかった。そうだな、と頷き、俺から一度離れてバサバサと服を脱ぎ出す。何度も見てるから知ってるけど、すげーガタイだ。二の腕の筋肉とか、モリッとしてる。ダンサーはあんまり目立つ筋肉はつけちゃいけないから、こういう身体はちょっと羨《うらや》ましい。俺も上半身を起こして、唯一残っていたシャツを脱いだ。で、向かい合う。

お互い、裸で。たぶん、妙に真面目な顔で。

「……どうする」

原が聞いた。

「なにを」

「その……続きを……どこまでしていいかなんだが」

「……あー……ウン……」

俺はうつむいて頭を掻いた。

なんか、大変だ。

初めてだから、考えなきゃいけないことがわりとたくさんある。たぶん、原も色々迷いながら動いてるんだと思う。初体験って、もっと突っ走る感じかなと思っていたけど、わりとそうでもないっぽい。俺たちが男同士だっていうのもあるんだろうし……なかなか勢いだけでいけるもんでもない。もっとも、俺たちのコカンに関して言えば、ずっと勢いはいいんだけどね……。

「なあ」

俺は原の顔を見て言った。

「うん」

「とりあえず、最後までチャレンジしてみよう」

「……最後」

「ケツ使ってみようってこと。どうせおまえ、あれこれ調べてきたんだろ」

「調べてきた。……そんな顔でケツって言わないでくれ」

「ケツはケツじゃん。英語にするか？　asshole?」

「……いや、ケツでいい。で、この場合、どっちの……」

えっ、と俺は驚いた。

「なに、おまえ、自分が掘られる覚悟もあるっていうの？」

「……正直に言うと、ない」

だろうな。俺も正直、おまえに突っ込めるかって聞かれるとビミョウだ。いや、やれなくはないか……？　うーん……？　とにかく、こっちが受け身のつもりで覚悟してきたんだ。

「ならなんで聞くんだよ」

「それは……俺の一方的な願望で、おまえにリスクを背負わせることはできないし」

「……おまえって、ホント真面目な」

いくらか呆《あき》れたように俺が言うと、原は「違う」とちょっと怖い顔をした。

「俺はただ、櫛形のことが好きだから」

どストレートな言葉が飛んできて、俺の身体と心にばっちりぶつかった。気恥ずかしいと同時に、身体がフワッと浮くような感じがして、目の奥がじわっと熱くなって……こういうの、たぶん多幸感っていうんじゃないだろうか。

「……うん。サンキュ」

そう言って、俺は腕を伸ばした。

原を抱きしめて「俺も好き」と素直に返す。抱き返してくる腕の力は次第に強くなって、やがて体重がかかり、俺たちは再び布団の上にバフンと倒れた。

何度もキスする。唇が腫《は》れぼったくなるほどにする。こいつのこと好きだなあ、って思う。食っちまいたいなあ、って思う。たぶん原もそう思ってる。キスしながら、原が布団の脇にあった袋からなんか取り出してるのがわかった。いろいろと準備が必要なんだ、俺たちの場合。

「だめそうなら、すぐ言え?」

「……わかった。ちゃんと言うから、おまえは、あんまり何度も大丈夫かって聞くな」

「わかった」

そんな会話をしてから、お互いちょっと笑った。

腰を少し上げる。窪みに、冷たいジェル状のものと、原の指を感じる。

それが少しずつ体内に入ってくる。うわー、へんな感じだ……。気持ちいいんだか気持ち悪いんだか、判断がつかない。ただ、痛くはない。とりあえず一本入った。自分の尻に他人の指が刺さる日が来るなんて、半年前には想像もしてなかったよ……。ま、最近はいろいろ想像したんだけど、やっぱり、違和感アリアリだ。

「どうだ？」

「う……なんか、言葉にしがたい……」

「とりあえず、三本まで入れなきゃ先に進めないらしい」

「マジか」

「マジだ」

「んあっ」

二本め。原は上体を起こし、俺の腰の下に、自分の曲げた膝を入れた。そうされると尻は上がったままだし、脚も閉じられない。こうなったら原に任せて、身体の力を抜くしかなかった。俺は深く息をする。こんなに腹式呼吸が難しいと思ったことはない。

「ひっ」

原の指が、なんかヘンなトコに当たった。ちょっと元気をなくしかけてた俺のが、ピクンッと揺れるほど、強い感覚が生まれる場所だ。

「ここか？」

呟きつつ、もう一度同じ位置を、ゆっくりとだがさっきよりは強く刺激する。

「……そ、……あ！」

言葉がうまく紡げない。なにこれ……その部分を拠点として、全身に甘い痺れがパアッと拡散していく。爪の先まで届くような、強い、未知の快感だった。

「やっぱここだ……よかった、見つけられて」

「あ、あっ……」

「誰でもここで感じられるわけじゃないって、本に書いてあったから、ちょっと心配した」

「ふ、あっ……そん……い、い……き……」

いきそう、と訴えると原は「まだダメだ」と真剣に言う。

「もう少し我慢してくれ櫛形。ほら、これで……」

「ああぁ！」

ぐちゃっ、とひときわ大きく湿った音がする。

俺は頭を仰《の》け反らせた。膝が勝手に曲がって、胸に引き寄せられる。俺としてはずいぶんな姿勢だが、原は指を動かしやすくなったらしい。

「三本め」

「は、ら……！　あっ……」

「……こんなに柔らかくなるのか……ヒクヒクしてる……」

てめー、ふだん無口なくせに、なんでこんなときばっかよく喋《しゃべ》るんだよ！

そう怒鳴りたいのだが、俺はもう喘ぐだけしかできない。三本の指を銜え込んだ場所は、確かに収縮と弛緩《しかん》を繰り返していて、まるで「もっともっと」とせがんでいるみたいだった。

今まではかけ離れた強さの快感が、俺を掻き乱す。

身体の奥深くで、溶けた鉄みたいにドロリとした熱い欲望が湧き起こり、これを排出しないと、どうにかなってしまいそうだった。

「こっちも、戻った」

完全復活した屹立を、原が空いてる手で握り込む。

俺は泣きそうな声を絞って、いっちゃいけないなら触るなと、とぎれとぎれに懇願した。原は惜しむようにそこから手を離し、先端のスリットに、指先で軽く挨拶《あいさつ》する。

「……っ……！」

それだけで透明な液体がプクリと新しい玉を作って、トロトロと茎に流れ落ちていく。

ちくしょう。いきたくてたまらない。

今強く擦られて、張り詰めたものを解放できたら、どんなに気持ちいいだろうか。このまま三本の指でいじめられ続けたら、触られないままで爆発してしまいそうだった。肉体的にも精神的にも限界まできてて、俺は涙目で自分の上に陣取る原を睨みつける。

「さ……さっさと、入れ、ろ……！」

「櫛形」

ためらう口ぶりで原が俺を見下ろしている。

「も、こっちが、げんか……っ……はや、く」

「いや、実は俺もかなり限界で……そういうおまえを見てると……く……」

原の色めいた声も、立派な刺激剤だ。

俺はシーツを摑んでた手を原に差し伸べる。

早く来い。俺の中に来い。

おまえをこの身体に取り込んでやる。俺の中で溶かしてやる。ひとつに、してやる。

原は俺を見つめながら、差し出した手の指先に軽く歯を立てた。

そして唇だけで、音はなく「好きだ」とまた言う。

すごく、嬉しかった。俺もだよと応《こた》えたかったけれど、指がそこからいっぺんに抜かれる衝撃で小さな喘ぎ声しか出ない。

指の代わりに宛がわれた熱さが、少し怖い。

緊張している俺の背中を、原がしっかりと抱いてくれた。とても小さな声が俺を呼んで、原もちょっと怖いのかなと思った。だから、俺もしっかりと抱きしめてやる。

ふたりで、知らない海に飛び込むみたいな気分だった。

「ひよ子は東京名菓じゃなかったのか」

そう聞くタカアキとまったく同じセリフを、俺も昨日原に言ったばかりだった。

「違うんだって。もともと福岡名菓なんだってさ」

「けど、東京でめちゃめちゃ売ってるじゃん。雷《かみなり》おこしより見る機会が多いだろ」

「そら地域によるんじゃねーの？　浅草《あさくさ》あたりだったら雷おこしが勝つだろ」

春休みは終わり、原は福岡に戻った。

そして俺たちは高校三年生になった。最近の桜は開花が早くて、もう花は全部地面に落ちてしまっている。踏まれて踏まれて、薄いピンクはやがて土に埋まっていく。コンクリの上に落ちれば、風に飛ばされてどこかに消える。

教室の窓からは、緑の風景が広がっていた。

クラス替えはなく、メンツは一緒。そしてやっぱりタカアキは満場一致で委員長なのだ。始業式の今日は授業もない。ホームルームのあと、俺たちは名菓ひよ子を食べている。

「それにしたって、なんで土産を帰る日に渡すんだかな、原も」

「ボストンの底に入れたまま、忘れてたんだってさ」

「ときどき妙に抜けてんだよなー、あいつって。……で、尻から？」

ひよ子の薄い包装紙を剝く手を止めて、俺は固まった。

し、尻？

「なんて顔してんのよ王子。ひよ子だぞ」

「ひよ？」

「ひよ子をどっちから食うかって話だ」

「あ」

「尻からパクか、顔からパクか」

「か、顔……かな？」

そんなこと考えたこともなかったので、思わずひよ子を見つめて考え込んでしまう。

それにしてもびっくりした。

今の俺に尻の話はちょっと……なんつーか、いや、やっぱアレは痛かった……。

腰は鍛《きた》えていたつもりだったが、腰と尻は違うわけで、さすがの俺も翌日はきつかった。それに比べて原のスッキリした顔ときたら……あの野郎。もちろん俺は赤ん坊並みに世話をやかれ、布団から出ることはほとんどなかった。トイレにまでつき添おうとする原を、思いきりどついてやったのに、それでもなんか嬉しそうだった。ドMかよ。

「ひよ子占い知ってるか？」

タカアキが尻側からひよ子をパクッと食べて言う。

「なにそれ」

「ひよ子を頭から食べるヤツは、幸せになれる」

「マジかよそれ。……じゃ、尻から食べるヤツは？」

最後の日、原とふたりでひよ子を食べた。

俺は自分がどっちから食べたかは思い出せないのだが、原が尻から食べたのは覚えている。このシッポのカーブに愛嬌《あいきょう》があるよな……など言いつつ、しつこく指先で撫でていたのだ。

なんだかいやらしい手つきに見えたのは、俺の頭がいわゆる色ボケ状態だったからだろうか。

「尻から食べるヤツは、人を幸せにできる」

「はあ？　なにそれ。作ってんじゃねーよ」

「ウン。俺のオリジナルひよ子占いだ。誰しもが救われていい感じだろ？」

椅子に寄りかかって笑うタカアキの後ろから、ぬっ、とデカイ手がふたつ伸びて、むんずとひよ子を摑む。そして同時に、

「ひよ子！　アワ・フェイバリット・スイーツ！」

そう叫んだのは、仲良しツインズのロクッパチである。ちょーだいとも言わない連中の手の甲を、俺は両手でギュウと抓《つね》ってやる。

「痛いぞ王子！」

「ケチだな王子、いっぱいあんだから食わせろ！」

ふくれっ面《つら》を晒《さら》すふたりをタカアキが笑う。

「ははは、おまえらこれはただのひよ子じゃないんだぞ。これは愛のひよ子なんだ」

ロクッパチは顔を見合わせたあと、ふたり揃って俺を見た。

「なんだ王子、愛のひよ子って？」

「こりゃハラセンが持ってきたひよ子だろ？」

「だよな、福岡名菓ひよ子だよな？」

「福岡名菓・ラブ・ひよ子なのか？」

うっせ。俺はうつむいたまま両手にひよ子を摑み、改めて、うるさい双子にひとつずつ与える。

恥ずかしいからラブひよ子とか言うな。黙ってケツからでも顔からでも食ってくれ。

「お、ひよ子じゃん」

「そっか、ハラセン福岡だもんな」

「えっ、これって東京の菓子だろ？」

「どっちでもいい〜、ひよ子ってホコッとしてて、なんか好きだぜ」

いつのまにか集まってきたクラスメイトたちが、どんどん勝手にひよ子を取っていく。俺はそれを、もう勝手にしろと眺めてた。原もそのつもりで、でかい箱を買ってきたのだろう。

「なくなっちゃうぜ、王子」

タカアキが残り少ない中から一個取って、俺の前に置く。

それを剝きながら、今度は尻から食べる。どっちから食っても味は一緒だ。

「で、ハラセン、いつ戻ってこれそうだって？」

タカアキに聞かれて、俺は首を横に振る。

「まだはっきりしないってさ。お袋さんの容態はずいぶんいいみたいだけれど、たぶん早くてもあと一年は向こうだろ」

「そっか。寂しいな」

「べっつに」

俺は意地を張ってそう言ったが、なにもかもを察してるであろうタカアキには無駄なことだったろう。ニヤニヤしながらこっちを見てる。

――大学は、東京にしようと思ってる。

原はそう言っていた。

――櫛形の近くにいたい。俺がいても、なにができるってわけじゃないけど。

そんなふうにも言っていた。

――なんかできなきゃ、近くにいちゃだめなのかよ。

――役に立てるなら、そのほうがいいだろ。

――俺だって、おまえの役になんか立たないけど、それでも……。

そばにいたいよ。

そう言ったら、原は嬉しそうに笑ってくれた。

たぶん、俺たちはまだ若くて、未熟で、そりゃ可能性に満ちているんだろうけど、その可能性の中には失敗やら挫折《ざせつ》やらも含まれているんだと思う。

ぜんぶ、あるんだ。

俺たちの未来にはぜんぶある。いいことも悪いことも、楽しいこともすげえキッツイことも。

俺が怪我したり留学を断念したり……そういうのもその中のひとつにすぎない。これからだって、もっといろいろある。そう考えるとときどきすごく怖くなって――。

でも、あいつがいてくれればなんとかなる気がするんだ。

原は無理に「元気出せ」とか「やればできる」なんて言うタイプじゃない。ただ黙ったまま、あの穏やかな視線で、促してくれる。新しい一歩を。

俺にとってそれは、大きな勇気になる。

あいつがそっと背中を押してくれるだけで、どんな舞台にだって立てそうな気がする。

そんな大きなものをくれる原に、俺はいったいなにを返してやれるんだろう。俺にもなにか、あいつにあげられるものがあればいいんだけど。

「ぶえっきしゅッ！」

しんみり考えてたというのに、タカアキがひときわ大きいクシャミで俺の思考をぶった切る。

「わっ、こっち向くなッ！　鼻水大王め！」

「大王って……ズピ、大王なら、王子より偉いのか……？」

「偉くねえよ！　オラッ、早く拭け！　垂れるぞ」

涙目の委員長にティッシュを恵んでやった。いつもボックスで用意してるタカアキだが、使い果たしてしまったらしい。

「あー、もう……春は最低だぜ……」

花粉症持ちの苦悩を、笑いながら聞き流す。

俺は春が好きだ。去年はそうじゃなかったけど、今年は好きだ。そしてたぶん、来年はもっと好きになる。

机の下、つま先はトトンッと軽やかなリズムを刻み、ひとつ先の春へと速いステップを踏みたがっていた。

Happy ending?

scene.1 TAKAAKI

童話やおとぎ噺《ばなし》は、たいていの場合ハッピーエンドだ。

ガラスの靴が脱げちゃったシンデレラは王子に探し出されて妃になるし、白鳥に変えられたオデットの呪いは解け、やっぱり王子と結ばれる。ちなみにバレエ『白鳥《はくちょう》の湖《みずうみ》』の場合、結末はいくつかあって、①オデットと王子の愛が魔女の呪いに打ち勝ち、ふたりは幸せになる。②オデットと王子は死んでしまうが、天国で幸せになる。③王子の裏切りによって呪いは解けず、ふたりとも悲劇の結末を迎える。④その他、いろいろ。……という具合だ。なにしろ、古典にして大名作なので、長いあいだに多くの解釈がなされてきた。

かくして、物語は様々なバージョンが出現するのだが、現実の人生は違う。

リアルな人生は一度きり、ひとつきり、後戻りはきかず、どれほど努力しようと頑張ろうと、ハッピーエンドが保証されているわけではない。かといってバットエンドの保証もないので、そう悲観する必要もないし、努力というのは、通常ある程度報われるようになっている。勉強も仕事も、頑張ればそこそこの成果は出る。出ないとしたら、努力の方法やタイミングに問題がある場合が多い。それらは改善の余地があるのだ。

しかし残念ながら……努力したところで、どうにもならないものもある。

恋愛がそうだ。

一生片思いならば諦めもつくだろうが、お互い好きあっていて、気持ちの確認もできていて、けれどもろもろの事情により一緒にいることが難しくなって、時間ばかりがすぎ、両者の生活が次第に変わって――ふと気がつくと、溝《みぞ》ができていたりもする。

「本当にいいのか」

クローゼットの前にいる親友に、俺は聞いた。

「いいも、なにも」

こちらを振り返らず原《はら》は答える。クローゼットの中にかかっているモーニングにブラシをかけて「どうしようもないだろ」と続けた。原は体格のいい男なので、こういった礼装姿がばっちり決まる。試着の時に同席していた俺の折り紙つきだ。が、結婚式にふさわしい表情は望めないだろう。もともと、感情をストレートに顔に出すタイプではないが、明日はふだん以上のむっつり顔でチャペルに立つに違いない。……そんな結婚式ってどうよ？

「マジでいいのか。取り返しのつかないことになるぞ」

「今さらなにができるっていうんだ」

「なにって、話し合うしかないだろ。話し合うべき相手は同じホテルにいるわけだし」

「……タカアキ。明日は結婚式で今夜はスタグ・ナイトだ。独身最後の夜に親友と過ごす慣習なんだ」

「花嫁から聞いた外国の慣習なんかより、すべきことあるんじゃないの？」

俺の言葉に原はやっと振り返り、やや乱暴な手つきで、それでも結局は大きな音を立てることはなく、クローゼットを閉めた。こいつって、いつもそうなんだよな。最後の最後で、力業《ちからわざ》みたいな自制を利かせる。

「終わったことだ。蒸し返さないでくれ」

「だから、終わっちゃっていいのかって聞いてるんだよ」

「向こうが終わらせたいんだから、仕方ない」

「原、俺が聞いてるのはおまえの気持ちだ。仕方がないとか仕方があるとか、そういうことじゃなくて、おまえがどう思ってるかだ」

ソファに腰かけている俺を、クローゼットの前に立ったままの原が睨《にら》むように見る。大股でのしのし歩き始めたかと思うと部屋の冷蔵庫を開けて、ハーフのシャンパンボトルを取り出した。勝手に封を切り、ボトルのままゴクゴクと呷《あお》りだす。ちょ……それ、かなりいい値段のやつなんだけど？

「俺が今どんな気持ちかなんて、説明しなくたってわかるだろ」

ボトルを摑んだまま俺の隣にドスリと座り、原は言った。花嫁が結婚式会場に選んだこの高級ホテルは、スタンダードルームでもかなりの広さがある。

「別れたくなかったんだよな」

「…………」

「なのに、別れた」

「…………」

「おい、なんか言えよ」

「……俺は、あいつの負担になりたくない。あいつが……直人《なおと》が、俺の存在が邪魔だっていうなら消えるしかない」

「邪魔？　そう言われたのか？」

　再びシャンパンを呷り、ゴトリとボトルをテーブルの上に置いた原は「集中できない、と言われた」と掠《かす》れ声を出した。高い酒なのにすごくまずそうな顔で飲んでいる。このシャンパンになったブドウが可哀想《かわいそう》なほどだ。

「俺が日本で待ってると思うと……集中できないそうだ。俺に頑張れって言われると、頑張ってないと詰《なじ》られている気がすると」

「それはさあ、王子も外国暮らしでストレスが溜まってるっていうか……」

「バレエをやってない奴に、バレエをやってる人間の気持ちを考えるなんて無理なんだ、と」

「いや、でも……」

「十年もつきあって、実際会えていた期間は、半分どころか四分の一にもならない。こんな中途半端なことを続けてても疲れるだけだし、お互いに時間の無駄だと。もうやめたい、と」

「うーん………」

　俺は言葉を失ってしまった。あの王子様は口が悪いが、心根の優しい男だ。そいつがここまで言うということは……。

　原宣広《のぶひろ》。そして櫛形《くしがた》直人。

　ふたりとも俺の友人だ。とくに原は長いつきあいの親友である。だからこそこうして、結婚式前夜に同じ部屋に泊まる羽目にもなっている。原がさっき言っていたスタグ・ナイトというのは、花婿と男友達が結婚式前夜に、最後の独身の夜を騒いで過ごすという欧米の風習なのだが、俺たちときたら騒ぐどころではない。これじゃまるで通夜だよ。

原と櫛形は高校時代に出会い、互いに惹《ひ》かれ合い、卒業後も交際を続けていた。けれどバレエダンサーを目指していた櫛形は欧州へ再留学、その後もドイツのバレエカンパニーに入ったので、ずっと遠距離恋愛だったわけだ。

「うまくいってると思ってたんだけどなあ、おまえら」

「……俺もそう思ってたよ。なんとか休暇を工面《くめん》して、ドイツまで会いに行って、最終日に別れ話だ。頭が真っ白になって……気がついたら成田《なりた》にいた」

「フライトのあいだ、失神してたようなもんだな」

「呆然《ぼうぜん》としたままリムジンバスを待ってて……そういえば、そのときに楓《かえで》ちゃんから電話がきたな。……だが、まさか……式に櫛形を招待するなんて……」

そうなのだ。明日の式に、櫛形も出席する。ドイツから帰国して、すでにこのホテルにチェックインしているはずである。

「しかもブライズメイドだもんな。俺も驚いたよ。まあ、あのふたりは確かに従兄妹《いとこ》同士というよりは親友……いや、戦友？　ふたりとも厳しい世界で頑張ってるわけだし。けど、男のブライズメイドなんて初めて聞いたぞ」

ブライズメイドは、花嫁の介添え役である。

通常は花嫁の姉妹、親類、友人などがその役割を担《にな》う。白以外の色のドレスを着て、花嫁を先導し、バージンロードを歩くのだ。昔のヨーロッパでは、花嫁を妬《ねた》んだ悪魔が結婚式に害をなすと信じられていて、誰が花嫁なのかわからないようにするのが目的だったらしい。

花婿にも似たような役割のアッシャー、あるいはグルームズマンと呼ばれる男友達がいる。

こちらも花婿とほぼ同じ格好をする。というわけで、俺も明日はモーニングなのだ。

「櫛形の礼装はピンクらしい。……似合いそうだから恐ろしい」

「直人なら、なんでも似合う」

条件反射のようにそう答えてから、原は自分に呆れるように眉を寄せた。

こいつは高校生の頃から櫛形にベタ惚れで、俺の知る限り、ほかの人間に心を動かしたことなどなかった。体格はよくて性格は温厚、派手さはないが真摯《しんし》さの滲《にじ》み出てる顔つきだし、言い寄る女はそれなりにいた。だが、「原くんて、彼女いるの？」と聞かれるたびに「俺にはもったいないような恋人がいる」と大真面目に答えていたので、たいていの女は軽くヒキながら距離を置くわけだ。こんな原にグイグイと懐いたのは、楓ちゃんくらいなのだ。

「直人と顔を合わすのはつらいが……この結婚式をけじめにするしかない」

「いや、結婚式ってそういうことに使うものじゃないぞ？」

「楓ちゃんには申しわけないと思ってる。でもそうしないと……一生、直人を引きずりそうだ」

「おまえって、見た目はアメコミのヒーローみたいなのに、中身はほんと少女マンガだよな……。むしろ少女マンガのヒロインのほうが、精神的にタフかも」

俺がそう言ったところで、部屋の呼び鈴が鳴った。ホテルスタッフが結婚式前夜のサービスフルーツでも持ってきたのかなと、誰何《すいか》もせずにハイハイと開けてしまった俺なのだが、

「ちょっと！　いったいどういうことよ！」

俺が薄く開けたドアに身体をねじ込んできたのは、明日の花嫁である。すっぴんでルームウェアというカジュアルな格好に、スリッパ履きだ。

「か、楓ちゃん、結婚式の前日に花婿に会うのはよくないんじゃ……」

「そんなこと言ってる場合じゃない！　どいて！」

「はいっ」

　つい敬礼しそうな勢いで道を空けてしまった俺である。楓ちゃんは部屋の中に入ると、一度振り返り、「ほら、早くっ、直人ちゃんも！」と強い口調で言った。え、王子も来てんのか？　俺が廊下を確認すると、パーカーのポケットに手を突っ込んだ櫛形が、居心地悪そうにしていた。

「……俺はいいって。話すことなんか」

「直人ちゃんがよくてもあたしはよくないのっ。このままじゃ明日が台無しになっちゃうじゃない！　結婚式っていう晴れ舞台は、一生に一回しかないんだからね。たぶん！」

　最後の「たぶん」が気になったが、突っ込まないでおこう……。プリプリ怒っている楓ちゃんに、櫛形も渋々従う。この従妹には昔から弱いらしい。櫛形を見つけた瞬間、原はソファから立ち上がり、そのまま彫像のように固まっている。

「ほら、全員座って」

　長い髪をひっつめた楓ちゃんが全員に命じ、まず自分がソファに腰かける。早くと急《せ》かされて、櫛形がその隣に座った。原のほうは一切見ようとしない。まるで見えていないかのような振る舞いに、俺の胸まで痛むほどだよ。冷たい美形って、コワイのな……。

　俺はパーソナルソファを原に譲《ゆず》り、デスクチェアを移動させて座った。そっぽを向き合っているふたりと、むくれ顔の楓ちゃん、そしてどうにも居心地の悪い俺……。うわあ、どうすんの、この空気……。

「言っておくけどね、いろんなことがモヤッとしたまま結婚するなんてごめんなの。すっきりした気持ちで、新しい生活をスタートさせたいわけ」

はきはきと楓ちゃんが場を仕切る。俺は律儀にコクコク頷《うなず》く。

「それにね。ここにいる三人は、全員あたしにとって大切な人よ。だからこそ、式の前にちゃんと納得しておきたい。もし、誤解とか行き違いとか……そういうものがあるなら……」

「ないって」

ためらいなく答えたのは櫛形だ。

「誤解も行き違いもない。俺と原は終わった。それだけのことだ。なんの問題もない」

原はなにも言わず、俺もまたなにも言えない。すると楓ちゃんがため息交じりに「そんな顔で、問題ないって言われてもさあ」と櫛形を見る。

「式に合わせて帰国してくれたのは嬉しいけど、直人ちゃん、ずっと目が死んでるんだもん」

「ちょっと体調が悪いだけだ」

「熱があっても舞台に立つ人が、体調が悪いだけでそんな顔になるわけないじゃない。……この際だからはっきり聞くけど、なんで別れることになったの？」

うわあ、本当にはっきり聞くな……女の子ってすげえ……。俺は内心でオロオロしていたのだが、櫛形は面倒くさそうな口ぶりで「距離がありすぎたってこと」と答えた。

「距離が離れれば、気持ちが離れることだってあるだろ。だいたい高校の頃から十年だぞ。そりゃ飽きもする」

「ふうん。いつからそんなふうに思ってたの？」

「覚えてねーよ」

投げ捨てるように答えた櫛形のあとで、原がいくらかためらいつつ、「一年ぐらい前から、ちょっと変だった」と呟いた。

「俺がドイツに行ったときも、櫛形はなにか考えこんでいるふうで……。ときどき、いらついている雰囲気もあった。どうかしたのか聞いても、答えてくれなかったけどな」

「一年前っていうと、バレエ・トキオとの契約が流れたあたりね」

バレエ・トキオは日本でも三指に入る大きなカンパニーで、当時、櫛形に移籍の話が持ち上がっていたのだ。ただ、櫛形自身が「まだドイツで学びたいことがある」と辞退したと聞いている。

「そうだ。仕事でなにかあったのかと思ったけど……俺は相談に乗ってやれないし……」

原はバレエとは無縁の会社員である。契約だの移籍だの、具体的な相談に乗れるはずもない。

今弁護士をやってる俺だって、バレエ業界のことはさっぱりなのだ。

「そ。原に相談したってなにも始まんねーし」

相変わらず元・恋人を見ずに櫛形は言う。

「やっぱり同じ業界にいる奴に相談するしかないわけ。……で、俺の相談に乗ってくれたのが、いい奴でさ。ロシア系のフランス人。これは言わないでおこうかと思ったんだけど……楓が納得しないなら、ぶっちゃけるわ。要するに、俺はそいつとできちゃったわけ」

刹那《せつな》、ビリッと空気が震えた気がした。

「ダンサー同士だから話も合うしさ。身体の相性もよかったし」

俺と楓ちゃんは息を呑み、原を窺《うかが》い見る。

原は微動《びどう》だにしないまま、全身から怒りのオーラを発していた。人間の感情って、マジでその場の空気を震わすことができるんだなと、俺は少し怖かったほどだ。

「言っとくけど、短い期間で終わった話だから。奴は両刀《バイ》だから、今はガールフレンドと楽しくやってるよ。だから、そいつがどうこうっていうより、やっぱり離れてちゃだめってこと」

「……俺は、だめじゃなかった」

低い声が床に落ちる。櫛形は一瞬原を見ようとして、だがやめる。

「ずっとおまえを待っていた。海外で頑張ってるおまえを、せめて精神的に支えたいと……」

「あのさあ、前にも言っただろ。気持ちが離れた相手からのそういうの、重くてウザいわけ」

櫛形がきれいな顔で残酷なセリフを吐く。俺たちよりひとつ上なので現在二十八歳、わずかに少年っぽさを残した美貌は、楓ちゃんの言うように確かに目の生気が乏しい。

「こんな話し合い、意味ないって。原は俺の顔なんか見たくもないだろうし、俺だって正直そうだけど、明日の結婚式ではちゃんと作り笑顔で楓を先導してやるよ。それで納得しろよ」

「直人ちゃん、なんでそんなに投げ遣《や》りなの……?」

「はあ？　俺はいっつもこんな感じだぜ？　結婚式が終わったら、すぐドイツに戻って、せいせいした気分でバレエをするさ。原のことだって、楓が心配する必要はないだろ。原は俺なんかよりよっぽど大人だし、ちゃんと気持ちの整理はついてるはずだ」

いや、それはどうかなと俺は思った。若い頃から単身ヨーロッパで頑張っている櫛形のほうが、実はずっと大人のような気がする。櫛形にとっての原が「しっかりした、頼りがいのある大人」に見えるのだとしたら、櫛形の前では、そうでいられるように頑張っていたからだ。

たぶん、奴なりに必死に。

……という話を、今俺がしたところで、なにもかも遅いんだろう。世の中はハッピーエンドで終わる恋愛のほうが圧倒的に少ない。現実は、そんなもんだ。

「じゃ、俺、もう寝るし」

櫛形が立ち上がる。

すらりとした身体は一七四センチまで伸びたが、それでもクラシックをやるには低い。この数年、櫛形はコンテンポラリーで活躍している。コンテンポラリーというのは……ええと……要するに、王子様の白タイツやお姫様のチュチュを来て踊るクラシックとは違い、シンプルな衣装と舞台で魅《み》せる現代的な踊りだ。人間の内面を表現する力が問われる。

「直人ちゃん」

「花嫁も早く寝ろよ。お肌くすむぞ」

そう言った櫛形が、バレエダンサー特有の姿勢のよさで歩き出す。ドアを開けて出ていく寸前こちらを振り返り、「花婿もな」と言う。

原はうつむいたまま、櫛形を見ようとはしなかった。

scene.2 HARA

グレーのモーニングコート。

淡いピンクのブートニア。

鏡の中の自分に、ものすごい違和感を覚える。服装と、首から上の表情がマッチしていない。朝からこんな有様で、今日のめでたい式を乗り越えられるのか……正直自信がなかった。社会人になって、愛想笑いのための表情筋はそれなりに鍛《きた》えたつもりでいた。しかし櫛形が結婚式に来ると知って以来、俺の表情筋は愛想笑い運動を拒絶し続けている。もっとも、絶望的な落ち込み顔を避けているだけ、ましなのかもしれない。

なんでこんなことになったのか。

ぼんやりと鏡を見つめながら考える。恋愛は難しい。男女でも、男同士でも、女同士でも、それは同じだろう。さらに遠距離となると、もっと難しい。しかも海外だと時差が生じる。日本とヨーロッパでは気軽に電話もできないし、ラインのリプだってすぐに来るわけじゃない。そのほかにもいろいろな難しい点はあって——けれど、それでも俺は、櫛形が遠く離れた外国で活躍することを願っていた。向こうでプロのダンサーになり、少しずつ着実に成長していくあいつを、見守っていたつもりだった。

……見守る？

よく使う言葉だけれど、もしかしたら俺は変なことを言っているのだろうか。

見守るんだから、見て守らないといけない。親が子供を見守るとき、子供にアクシデントが発生したら、瞬時に駆けつけて全力で守るだろう。それが見守るということだ。実のところ、俺は櫛形を見守れていただろうか。あいつが苦しいとき、つらいとき、駆けつけてやることなんかできてなかったじゃないか。しかも、櫛形はほとんど弱音を吐かない。だから遠くに離れている限り、櫛形が今現在どんな状況に置かれているのか、俺には知りようがないのだ。

つまり、俺は——櫛形をただぼんやりと見ていただけなんじゃないのか？

「……そんなだから、愛想尽かされたのか？」

鏡の中の自分に問いかける。

返事があるわけもなく、ブートニアの中に一本だけちょっと元気のないミニバラを見つける。しょぼくれてうつむく姿は、まるで今の俺みたいだ。その一本だけをそっと抜き、コップに水をさして生けた。元気になるといいのだが。

俺は時間を確認する。まだ午前八時。少し早く支度をしすぎたようだ。

ひとりで部屋にいると気が塞ぐばかりなので、外に出ることにした。このホテルには立派な庭園があると聞いている。少し歩いていい空気でも吸えば、晴れがましい顔の作り方を思い出すかもしれない。

表は気持ちよい初夏の陽気だ。

まだ空気は少しひんやりしているが、挙式の頃には暖かくなるだろう。朝の日本庭園はごく静かで、散歩をしてる宿泊客もポツポツである。モーニングで日本庭園をウロウロしていると浮きそうなものだが、俺をチラリと見る人々は（ああ、結婚式なのね）という顔で微笑んでくれる。

俺も会釈《えしゃく》を返し、瑞々《みずみず》しい緑の下を歩く。

「Excuse me. アノ、シャシン……」

この庭園のシンボルであるという、三重の塔のところで外国人に声をかけられた。

「ああ、写真ですね。Sure. With the tower in the background ?」

俺がそう尋《たず》ねると、欧米人と思われるスタイルのいい男性は笑顔で頷いた。こちらが多少英語が喋《しゃべ》れると判断したらしく、今度は英語で『この写真を撮れば、京都に行ったことにできるかな？』などと笑う。

『そうですね。そう見えるかも。日本は初めてですか？』

『実は三か月前から住んでるんだ。でもなかなか日本語がうまくならなくて。……あ、タワーを入れたロングと、バストアップの二枚を撮ってもらっていい？』

俺は快諾《かいだく》し、彼からスマホを預かった。彼は楽しげにポーズを変えていき、結局二枚どころか、十枚ほどの写真を撮影する。スマホを返すと、彼は画像を確認しながらご満悦の顔で『カンペキ。ありがとう！』と言い、続けてダンケシェーンともつけ足した。

『ドイツの方ですか？』

『うん。生まれはベルリンだよ。ねえ、きみ、モーニングがとても似合ってるけど、もしかしてカエデの……』

『ええ、そうです。ではあなたは招待客？』

『そのとおり！』

彼は破顔《はがん》し、俺たちは改めて握手を交わす。小さな頭に長い手足は、確かにダンサー体型だ。

『僕はマルティン・ヘザー。カエデが留学していたときに知り合ったんだ。去年、日本の女性と結婚して、今年に入ってから移住してきた』

『ハラです。おいでくださってありがとうございます』

『ああ、思い出した。以前カエデが見せてくれた写真にきみもいたよ。日本人なのに体格がよかったから、よく覚えている』

『ええ、日本人の中では大きいほうですね』

『確か、あの写真にはNattyもいたな。彼も今日来るの？』

胸の奥が小さく軋《きし》む。Nattyは櫛形のニックネームだ。ナオトは呼びにくいらしく、外国人の友人たちはその愛称を使っている。

『来ますよ。カエデの従兄で親友ですから』

『嬉しいな、Nattyに会えるなんて。僕は彼のコンテンポラリーを一度見たことがあるんだけど、素晴らしかった。素晴らしすぎて、うまく感想がまとまらなかったくらいだ。たぶん、彼はクラシックよりコンテンポラリーのほうが向いてるんじゃないかな。身長や体格の問題っていうより……内面性というか……Nattyは、言葉を使わずに語ることができるダンサーなんだよ』

熱心に語るマルティンに、俺は精一杯の作り笑顔で『きっと彼も喜びます』と返した。

この数年間、櫛形は熱心にコンテンポラリーに取り組んでいた。俺も旅行中に一度だけ観る機会があったのだが……芸術には疎《うと》い俺ですら、鳥肌が立った。黒いタイツだけの衣装、なにもない舞台の上、指先から、足先から、うねる背骨から——櫛形は特別なエネルギーを放出させて、観客に触れさせていた。スタンディングオベーションが起きた。

もし舞台の神様という存在があるのだとしたら、櫛形は間違いなくその神に愛されている。……だから、大丈夫なのだ。

俺など、いなくても。

『僕は彼のファンだったから、膝のことを聞いたときは本当に残念だった』

表情を一変させ、ため息交じりになったマルティンの言葉を、俺は最初理解できず、ただ眉を強く寄せた。……膝？　いったいなんの話だ？

『若い頃に靭帯《じんたい》をやっちゃったことは知ってたけど、もう完全に回復したんだと思ってたし。彼、ずいぶん我慢してたんだね……僕らの仕事に怪我はつきものだけど……』

『待ってください』

俺は思わずマルティンに詰め寄る。突然の接近に驚いて、彼が軽く仰《の》け反った。だが俺はさらに迫る勢いで『櫛形の膝に、なにがあったんです？』と問い質した。

マルティンは一瞬、しまったという顔をした。どうやら、俺が事情を知っていると勘違いしていたらしい。なんとか誤魔化《ごまか》そうと、しばらく言い淀んでいたが、俺はよほど怖い顔をしていたらしく、……結局、すべてを話してくれた。

原は、ずっと俺から視線を逸らしてた。

俺がすぐ近くにいるのに、目の前にいるのに、こっちを見ようとしなかった。あたりまえだ。そうなるように仕向けたのは俺だ。それを後悔しているわけじゃないけど——もう少し、時間が欲しかった。同じ高校出身で、タカアキという共通の友人もいて、ならば一生顔を合わさないわけにもいかないのは承知にしろ……せめて、一年くらいの猶予《ゆうよ》があればな。けど、それは俺の都合だ。楓の結婚式なんだから、出席しないわけにはいかない。男なのにブライズメイドを頼まれたのには面食らったけど、まあ、女装するわけでもないし、請け負った。正直、その頃は断る気力もなかったんだ。どうせ楓は言い出したら聞かない。ダンサーなんて我の強い奴ばっかりだ。

……俺も、そのひとりってわけだよ。

別れようと言ったとき、原は奇妙な笑顔を見せた。俺がすごく下手くそな冗談を言って、それでも笑ってやらなきゃいけないと思って、だけどどう笑ったらいいのかわからない……そんな表情だった。

——なにニヤニヤしてんだよ。人が別れ話してんのに。

——直人？

——俺たち、ズルズルつきあいすぎた。ここらでいったん精算したい。

——なに言ってるんだ？

今度は困惑顔になる。俺は長いあいだ、原のことをこんなふうに困らせてきたんだ。

——例の契約は断った。俺はまだドイツでやりたいことがあるから、帰国しない。

——それはべつに構わない。おまえは自分のやりたいように……。

——もちろん俺は自分のやりたいようにするさ。だからおまえと別れたい。距離も離れてて、めったに会えなくて、ズルズル十年だろ。こういう中途半端なの。もう嫌なんだよ。精神的に疲れるっていうか……仕事に集中できない。

あらかじめ用意しておいたセリフを捲《まく》し立てる。そうさ、十年つきあってきたんだ、どう言えば原が諦めるのかなんて、お見通しだ。

——おまえの存在が重いんだよね。

原は絶句して、俺を見た。胸が潰れるように痛んだけど、ここで退いちゃ意味がないと、ポケットの中の拳《こぶし》を握った。一月のハンブルグ港はクソ寒くて、しかもどんより曇ってて、別れ話には絶好のシチュエーションだったと思う。

——おまえがいないほうが、俺は高く跳《と》べる。

思ってもいない言葉を吐くというのは、想像以上にキツイもんだ。表情から内心を悟られてはいけないと、俺は原から顔を逸らして、連なる赤レンガの倉庫を見上げてた。原はいつでも俺のことを考えてくれている。俺が一番で、自分のことは二番目だ。だから、原に最も効果的な別れ方は……おまえが邪魔だ、と宣言することだった。自分がどれだけ残酷なことをしているか考えないようにした。そうでなきゃとてもこんなこと言えない。原はまだ言葉を紡げない。俺の言葉がナイフになって、原をズタズタに切り裂いているのがわかった。

でも、今ここでこいつを切らなければ……いつかもっと、深手を負わせることになる。
——メールとかですましてもよかったんだけど、やっぱこういうことは顔見て言ったほうがいいかなー、って。

わざと軽い口調で言った。

——今夜帰国なのに、最後が別れ話ってのもどうかなと思ったけど、初日に言うよりマシだろ？　まあ、観光案内はそこそこしたと思うぜ？

取りにくいであろう有給休暇をもぎ取って、はるばるドイツまで来てくれた恋人に、笑いながら俺は言った。原からの返答はなかった。どんな顔してるのかはわからない。俺ももう、原を見ることはできなかったから。

——じゃあ、気をつけてな。

俺は逃げるようにその場を去った。あと三十秒いたら、みっともなく泣き出していたかもしれない。勝手に自分の言いたいことだけ言って、恋人を置き去りにして、そのまま稽古場《けいこば》に行った。

誰もいない稽古場で、泣く代わりに踊った。頭の中がぐちゃぐちゃで、なぜだかストラヴィンスキーが流れてて、振付家《コリオグラファー》も思い出せないままの作品を踊って、そのうち振りの細かいところはわからなくなった。それでも、勝手にアレンジして踊り続けた。涙のぶんがすべて汗になればいいと思いながら、何度も、ひとりで。ひとりだけで。

これが俺の選んだ結末だ。

俺はひとりで踊る。ひとりで生きていく。観客のいる舞台ではなく、人生ってやつを、だ。

それもたぶん一種の舞台で、共演者に恵まれた者は成功するんだろう。俺と原ではだめなんだ。

俺は救われるかもしれないけど、そのために原を、ふさわしくない舞台に立たせておくわけにはいかない。最悪、共倒れになる。だからこれは結局、俺自身のためなんだ。

高校の頃を思い出す。

学祭の舞台、俺にとって、人生で最も楽しかったあの瞬間。アホな高校生たちの四羽の白鳥。バレエなんかろくに知らない観客に披露した、アリのバリエーション。

ちっともうまく踊れなかった。

だけどあれ以上に楽しかった舞台を、俺はまだ経験していない。俺はあの舞台で、自分がどれだけバレエが好きか思い出した。好きという気持ちがあればやっていけるんじゃないかと思った。そう考えたことを間違いだったとか、甘かったとか……そんなふうに思いたくはない。

俺は踊る人生を選んだ。ほかのことは捨てた。後悔はしない。してはいけない。

たとえ、うまくいかなかったとしても。

ハッピーエンドじゃなかっただけだ。しょうがない。人生はおとぎ噺じゃない。ハッピーエンドにならない人生なんて、いくらだってあるだろう。俺だけじゃない。

最後は自分の汗で滑って、転びかけた。

リノリウムの上に仰向けに倒れ、ゼイゼイ喘ぎながら嗤《わら》った。自分の身勝手さと愚かさを嗤った。こめかみを伝ったのが涙なのか汗なのか、もう考えないようにした。

長い回想から戻り、俺は胸のブートニアを調整する。

淡いピンクのミニバラとカスミソウ。楓の友人のお手製らしいが、ちょっと花に元気がない。もしかしたら、俺のネガティブな気持ちが花の生気を奪ってしまったのだろうか。

だとしたら、ごめんな。そんな気持ちでそっと花を撫でる。

ノックの音が聞こえた。

俺はそれを無視した。数時間後からは、ずっと作り笑いしていなければならないのだ。今は誰とも喋《しゃべ》りたくない。だがノックはやまなかった。コンコン、どころかドンドンドンと乱暴になり、ものすごくしつこい。こうなると、誰なのかもう見当がつく。

「直人、いるんだろ」

予想通りの声が聞こえてきて、俺は「今、忙しい」とぞんざいに声だけを返す。

「開けろ。開けないと、暴れる」

「勝手にどうぞ」

温厚で常識人の原がそんな真似できるわけない……と、高《たか》をくくった俺は、続いて聞こえてきた獣の咆哮《ほうこう》みたいな声にびっくりした。

「うおおおおお、開けろ！　開けろォッ！」

ドスンドスンとドアに体当たりする音もする。こいつ、本当に暴れだしやがったと呆《あき》れ、俺はドアを薄く開けた。

「おいっ、なに考えて……っ」

モーニング姿の原が、グイッと身体を割り込ませて押し入ってくる。その場で追い出したかったのだが、隣の客室にいた老紳士が怪訝《けげん》な顔でこちらを見ているのがわかり、俺も慌てて部屋の中に戻るしかない。

「原、おまえな……」

「なぜ、膝のことを隠してた」

唐突かつ痛いところを突く質問に「なんの話だよ」ととぼけてみせたが、原の怖い顔は変わらないまま、俺に詰め寄ってくる。

「式の招待客に聞いた。ドイツ人で、おまえと同じカンパニーに友人がいるそうだ。もう踊れないって——本当か」

「はあ？　誰、そのドイツ人」

「本当なんだな？　別れ話をした頃には、それがわかってたんだな？　……いや、もっと前からか。もしかして、日本のカンパニーと契約しなかった理由は……」

「はいはいはい、わかったよ。話すよ。座れよ、もう……おまえでかいから、邪魔くさい」

楓のゲストの中にお喋りがいたらしい。バレたならしょうがない。俺は原をソファに座らせ、自分は窓辺に立った。あんまり、原の近くにはいたくなかった。

「俺の膝は、もうプロダンサーとしては限界だ」

ずっと隠してきた事実を口にすると、原の顔が歪む。ほらな。そういう顔を見たくないから黙ってたのに。

「べつに歩けなくなるわけじゃないんだぞ？　観客から金をもらえる踊りは無理ってだけだ」

「だが、おまえの……」

「夢？　ま、短いあいだだけど叶っただろ。大きいカンパニーじゃなかったが、プロとして舞台に立ってたんだ。ただ……それが、予想より短い期間だったってだけで」

「………」

「今後についても考えてある。まずは教師のメソッドを勉強して、同時に振付家を目指したい。コンテの作品を創りたいんだ。ま、どうなるかやってみないとわかんないけど」

「……どうして俺に言わなかった」

「なにを」

「膝のことだ」

「だっておまえ医者じゃないだろ。言ったって治らない」

「そういう問題じゃない」

ああ、面倒くさい。俺はアスコットタイを弄《いじ》りながら「ならどういう問題だよ」と聞いた。

「その頃、俺たちはまだつきあってたはずだ。おまえに起きた重大なことなら、俺は知り……」

「だから、知ったらどうにかなったのかよ！　もう舞台に立てないって絶望を、おまえはどうにかしてくれたのか！」

とうとう、怒鳴ってしまった。だからいやだったんだ。ずっとずっと隠してきた秘密が露見《ろけん》したことで、俺の中にコツコツ積み上げていたなにかが崩れていく。不安定な、実は脆《もろ》い壁の中に留めていたドロドロした感情が、流れ出るのを止められない。

「おまえはなにもできないだろ。俺のためになにもできなくて、そのことをすげえ悲しむじゃないか。おまえは悪くないのに、おまえに悪いことなんか起きてないのに、俺のせいでつらい思いするだろうが！　……そういうのはもういやなんだよ」

ずっとずっと、そうだった。原はいつでも文句を言わずに俺を待って、俺の好きなようにさせてくれて——十年のうちほとんど会えなくて、それでもいつも微笑んで。俺を見守って。

「やっと……日本の大きなカンパニーから移籍の話がきて……その直後に、医者に言われたんだ。もう、この膝では無理だと。無茶を続ければ、三年後には歩くのも難しくなると」

終わったんだ。ダンサーとしての俺は終わった。怪我で引退。よくある話だ。

原が立ち上がる。俺に近づき、凝視する。

俺は今、どんな顔をしているんだろう。

「……だから、帰国をやめた。俺は踊れなくなるけど、でも舞台に関わって生きていたかった。振付家を目指すなら、ヨーロッパにいたほうが圧倒的に有利だ。だから……もう、日本に戻ることは考えてない。いつか帰るとしても、どれくらい先なのかわからない」

俺はバレエを、舞台を、選んだ。

おまえではなく。

「おまえも、おまえの人生を行けよ」

怒鳴った勢いは次第に失速して、俺の声は小さくなっていく。

「俺は身勝手に生きる。自分と舞台のことだけ考えて生きる。おまえもそうしてくれ。俺の身勝手さにつきあう必要はない。もう十年無駄にしている。これ以上無駄にするな。もっとおまえの人生に寄り添ってくれる相手がい……」

パンッ、と頬で音がした。

痛みが襲ってきたのはそのあとだ。視界がぶれて、その平手が結構な勢いだったと知る。倒れるほどじゃなかったにしろ、反射的にカーテンを摑んで身体を支えたほどだ。

「ふざけるな」

聞いたことのない、原の声がした。

「無駄だと？　俺の人生を勝手に決めるな。おまえ、いったい自分を何様だと思ってんだ？」

……へえ。こいつ、本気で怒るとこんな声出すのか。こんな顔になるのか。

怒ってるのに、なんで悲しそうな目なんだろう。

「俺がおまえのためになにかしてきたんだとしたら、それは俺がしたかったから、そうしてただけだ。おまえが舞台を諦められないように、俺もおまえを手放せなかっただけだ。俺がなにも考えていないと思っていたか？　何度も考えたさ。めったに会えないし、会ってるあいだもおまえの頭は半分舞台に持ってかれてる。俺は凡人だからな、アーティストの頭の中は理解できない。俺はどうしたって、おまえのすべてを手に入れることができない。バレエや舞台にどれだけ嫉妬《しっと》したかわからない。でも、しょうがないだろ？　高校生のとき……初めておまえを見たとき、俺はおまえを好きになった。あの体育館で、平均台の上で、踊るおまえではなく、踊ろうとしているおまえでもなく」

踊りたがっているおまえを、好きになったんだ。

原は、そう言った。

最初からそうだったのだと。バレエから、舞台から、離れられない俺を好きになったのだと。

「おまえの人生を行け、だと？」

襟首を摑んで引き寄せられた。糊《のり》のきいたカラーが台無しだけど、今の原はそんなこと吹っ飛んでいるんだろう。

「これが俺の人生だ。平々凡々な会社員で、恋人は才能あるダンサーで、いつも遠く離れていて、けれど一時もそいつのことを忘れはしない。それが俺の選んだ人生だ。選んだのは俺で、おまえに強制されたわけじゃない。バカにするな！」

間近で怒鳴るものだから、唾まで飛んでくる。こんなに自分を制御できていない原もやっぱり初めてだ。いや、これでも制御してるのかな。本当は俺を壁に叩きつけたいのかもしれない。

「……ごめん」

ほかになにが言えただろう。

だって、原は怒りながら、泣きそうな顔になってるんだ。

「ごめん……俺……」

そして泣きそうなのは俺も似たようなもんだった。泣かないけどさ、もう高校生じゃないし。いい大人だし。……いい大人なのに、今さら気がつく。自分の傲慢《ごうまん》さに。全部、俺のせいだと思っていた。俺がわがままで、原はただ我慢しているんだと思っていた。歪んだ罪の意識はどこから来たんだろう。……きっと俺は、原を信じきれていなかったのだ。距離と、時差と、互いの世界があまりに違うこと。そういった不安に負けていたのは俺のほうだ。ただ、原を信じていればよかったのに。

それから、自分の気持ちを。舞台ってやつを除けば……こいつが、一番大事だということを。

原の手が緩む。俺の襟首は解放されて、原が一歩後ずさる。

「俺の十年を無駄だと決めつけて……挙げ句に、ほかの男と……」

あ、しまった。

俺、そんなこと言っちゃったんだよな、昨日。

「……原、あのな」

「たとえそういうことがあったにしろ、俺に言うことないだろ。知らないままでよかったんだ。おかげで昨日だって、ろくに眠れてない。おまえにとって俺は、もう過去の男なんだろうけど……俺はこう見えて、引きずるタイプなんだ。十年つきあったんだからわかるだろ。多少の配慮はしろよ」

「うん、おまえが見た目より繊細なのは知ってる。あと、あれ、口からでまかせだから」

「……え？」

「つまり嘘。誰ともやってない」

「…………」

「いや、ほら。楓がうるさかったし……ああ言えば、おまえも諦めるかと思って」

「おまえ……」

最低だな、と原が言う。俺は両手を参ったの形に軽く上げて「ごめん」と素直に謝罪した。

「俺って、自己中心的で身勝手で傲慢なんだ。舞台に立つ奴ってそういうの多い」

「なに開き直ってる」

「うん、そうすることにした。ぜんぜん人間できてないのに、かっこつけて、おまえに幸せになってほしいなんて考えた俺がバカだった」

「……いや、待て。俺は幸せになりたいぞ？」

「そっか。じゃ、おまえの幸せってなに？」

「おまえといることだ」

「やっぱり？」

俺は笑った。今回の帰国で初めて自然に笑みがこぼれた。

「なら、こうする。さっき説明したように、俺には新しい夢ができた。だから日本には戻らない。でも、おまえも手放さない。俺がドイツで華々しく活躍するから、おまえは日本で寂しいの我慢してろ。そんでたまに会ったときは、俺をめちゃくちゃ甘やかせ」

「……ほんとに開き直ったな」

原が呆れたように言い、でも少し笑う。

「結婚とか、子供とか、諦めろ」

「直人がいれば、なにもいらない」

「親を泣かせるかもしれないぞ？」

「うちの両親は、人間は元気で生きてればあとはなんとでもなる、って考えるタイプだ。特に母親は、心臓がよくなってからそんなふうに言ってる。たぶん、俺とおまえのことも、うすうす気がついてるみたいだし」

「……そうなの？」

「俺、おまえの話ばかりしてるから」

「……そ、そうか……。うん、まあ、とにかく……」

「別れるって案件は、キャンセルだな？」

会議で確認事項に念を押すような口調で聞かれた。いや、会議とか出たことないからよくわからないけど。

「うん」

「俺はまだ、おまえの恋人《もの》だな？」

「……うん」

そして、俺もおまえのものだよ。

言葉にするのは恥ずかしかったから、一歩進んで、原にキスした。ごく軽いバードキスのつもりだったけど、そのまま頭を引き寄せられ、たちまち唇が深く合わさる。

「……っ」

久しぶりのキスに夢中になりかけたところで、ふいに身体を軽く押された。拒絶にも似た動きに、俺の胸がチリッと痛む。

「花」

原が互いのブートニアを見下ろして言った。そうか、このまま抱き合うとブートニアが潰れてしまう。俺たちはほぼ同時に、バサバサと音を立ててモーニングコートを脱ぐ。原は俺のぶんも受け取り、色違いの二着をブートニアが潰れない形で、ソファの背にかけた。それからチラリと腕時計を見ると、かすかに眉を寄せつつ真顔で言う。

「時間がない」

「だよな」

「でも、我慢できない」

「だよな？」

意気投合だ。もつれあうように、ベッドに倒れ込む。

うわ、やばい。原の匂い久しぶり……。

俺とは違う骨格と筋肉に早く触りたくて、シャツのボタンを外す。まったく、なんだってこんなときにふたりとも礼装なんだか……。原は俺のベストを剝《は》がし、ベルトに手をかける。不器用そうなんだけど、こういう仕事はわりと速いんだよね、このスケべめ。

ふたりとも、全部脱ぐ余裕も時間もなかった。

俺のほうは靴下以外の下半身を剝《む》かれる。即物的ではあるけど、とにかく気が逸《はや》ってた。獣みたいに息が上がって、深く口づければもっと苦しくなる。苦しいけど気持ちよくて、気持ちいいのに胸が痛くなって、なんだか混乱きわまりない。喘ぎながら、原の背中にしがみつく。こいつの筋肉が大好きだ。ダンサーとはまた違う厚みにうっとりする。最近はスポクラで、一日二キロくらいは軽く泳いでしまうらしい。

俺のスーツケースにゴムとローションが入れっぱなしだったのは、ほとんど奇跡だ。とはいえ、なにしろこういうことになるのは久しぶりで、原は俺を荒々しく抱きしめながらも、俺の身体を気遣っていた。ゆっくりと準備する時間なんか、あるわけがない。

「でも、欲しい」

腕に爪を立てて、ねだる。俺はどうしても原が欲しかった。未熟でバカで、なかなか大人になれない俺を、こいつの存在でいっぱいにして……きっと、なにかを確認したかった。なにをなのかは、よくわからない。言葉で説明できないんだ。

「おまえが欲しい。全部、俺のものだろ?」

原がせつなく眉を寄せて「そうだ」と答えた。全部、直人のものだよ、と。

ローションの助けを借りて、原が俺の中に入ってくる。

俺の口が開く。けど、声にならない。力を抜こうとするのに、力んでしまう。原は俺の腰をしっかり支え、少しずつだけれど、進むのをやめない。熱の塊《かたまり》が埋まっていく。

「……っとだけ……待っ……」

「わかってる」

その大きさに、身体はすぐには馴染《なじ》まない。原は俺に体重をかけないように気をつけながら、じっと待ってくれる。俺が狭すぎるとこいつも苦しいはずなのに、「大丈夫か」と俺のことばかり気にしてる。ほんと、アホみたいに優しい男だ。

「……おまえ以外、好きになれる気がしない」

ふいに口をついて出た言葉に、自分でもちょっと驚いた。言われた原も面食らったようで、ぱちぱちと瞬きをしている。

「……舞台が一番で、おまえは二番だけど」

照れくさくなって言い足すと、原は嬉しそうに「人間では俺が一番か」とデコをグリグリくっつけてくる。犬かよ。

「で、おまえは？」

「直人がぶっちぎりのトップだ。他の追随《ついずい》を許さない」

「うん。ずっとな？」

「ああ、ずっと」

「……俺って身勝手だよな」

我ながら多少反省して呟くと、唇に小さなキスを落とし「それでこそおまえだ」などと言いやがる。思わず笑って、ちょっと腹筋に力が入った瞬間、ズクッと奥から熱が生まれる。久しぶりの感覚に戸惑うと、原は俺の小さな変化を見逃すことなく、また少しずつ動き始めた。

「あ」

身体が解れて、思い出してくる。ひとりでは絶対に得られない感覚を。

いつも不思議に思うんだけど……人間の身体が、こんなところで気持ちよくなれるって、どうしてなんだろう。生殖にまったく関係ないのに、なにがどうなって、こんなふうに進化したのか。神様のちょっとした悪戯《いたずら》か、サービス？　原が俺を見下ろし、頭を引き寄せてキスする。キスはなぜ生まれた？　食べちまいたいほど、おまえが好きだと伝えるため？　キスするのって、人間だけかな。ほかの霊長類はすんのかな？

「んっ……」

そんな余計なこともだんだん考えられなくなってくる。キスが解けて、名前を呼ばれる。動きはだんだん大きくなって、俺の内側に原がぶつかってくる。顎《あご》に糊のきいた襟が擦れて、きっとシャツはぐしゃぐしゃなんだろう。内心で、楓に詫びる。

「……う、あっ」

一番弱いところを掠められ、おかしな声が出そうになった。

俺の恍惚《こうこつ》はふたつある。舞台の上と、こいつの腕の中だ。

舞台の上では、俺は俺を完全にコントロールする必要があった。それによって得られる歓声と歓喜は喩《たと》えようもなく素晴らしく、誇らしい。

けれど、原とベッドにいるときの俺は、誇りやプライドはどうでもよくなる。全部投げ出していい。自分を放り出していい。原がしっかり受けとめてくれるからだ。身体にも、心にも、奴の楔《くさび》が深く打ち込まれ——俺は安心して、高い場所に飛んでいける。

ああ、そうか。

飛べるのは、着地すべき場所があるからだ。

俺が海外の舞台というリスキーな場所に心血を注げるのは、原がいてくれるからだ。

ひとりでやっていけるなんて、どうして思えたんだろう。あのまま本当に原と別れたら……俺の心は一年保っただろうか。

「直人？　どこか痛いのか？」

「……痛くない」

なのに、涙が勝手に滲《にじ》む。

原の動きが遠慮がちになり、焦《じ》れた俺は奴の腰に脚を巻きつかせる。唇の動きだけで、（もっと）とねだると、原の目つきが険しくなって、最後のリミッターが外れた。

「……っ、く……」

ガクガクと激しく揺すり上げられて、もう目も開けていられない。女の子との経験では辿り着けない快感に翻弄され、ベッドの軋《きし》む音すら遠ざかる。原がどんな顔をしているのか見たくて、頑張って目を開けた。乱れた髪と、本能を剝き出しにした獣みたいな表情がそこにあって、ゾクリとした。優しさをかなぐり捨てた、こういう原も好きだ。俺はたぶん、自分で考えているよりずっと、こいつにハマってんだろう。

ああ、もう、やばい。

身体の内側で起きた嵐が、血管と神経の経路で、全身にくまなく運ばれる。身体のあちこちで、ピリピリと小さな放電が起きる。今なら爪から発火できるかもしれない。そんなふうに考えてしまうほど、気持ちよくて、溶けそうで……いや、もう溶けていて。

無意識に、いやだ、と口走ってしまうのは、こんなふうに乱れる自分が恥ずかしいのと、ずっとこの快楽に浸っていたいのに、もう果ててしまいそうなのが怖いからだ。ふだんは俺の「いやだ」にひどく敏感な原だけど、このときだけは聞いてくれない。反射的に逃げようとする腰を、容赦なく引き戻されて、一番深く侵される。

「あ、ああ……ッ！」

耐えることもできず、声を放ったのと、
ドンドンドンドンッ、と激しいノック……いや、ドアを乱打する音は、ほぼ同時だった。頂《いただき》を越えた衝動に、細かく震える俺をしっかり抱きしめたまま、原が動きを止める。

「おまえらなあ！　いいかげんにしろよコラ！　いくら温和な俺でも怒るぞ！」

自分の心臓がドクドクと脈打つのを感じながら、俺はぼんやりと怒鳴り声を聞いていた。あー、そうだ、結婚式……これはさすがにまずいなと思いつつ、脳まで痺れたようで動けない。

「……っていうか！　早く終わらせて式に来てくれよ！　おまえらがいないと、始められないんだからさあ！　マジで！」

俺は夢見心地で、すぐそこにある原の顔を見た。原はばつの悪そうな顔をして、ドアのほうに向かって「あと二分！」と返す。

え、あと二分って……。

ちょっと待てよ、俺、イッたばっかなのにそんなに動いたら……あっ、だめ、マジやばい、壊れるって……！

必死に抗《あらが》ったけれど、原が腕を緩めるはずもなく――実際は三分ほどのちに、原も自らを解放した。寸前で抜かれて、俺はちょっと不服だったけど、まあ中で出しちゃうとあとから大変なのでしょうがない。

そのあとの、俺たちの慌てようときたら。

なんかもう、コントだった。シャツもズボンもかなりシワシワになってしまい、髪の乱れも完璧に直すことは不可能で、それでもとにかく、互いの礼装になにやら液体がついていないかだけは確認し、結構離れた場所まで飛んでいっていた靴を履いた。あまりに慌てていたので、俺は左右を逆に履いてしまったほどだ。あー、くそ、エナメルって履きにくいな！

やっと支度を整え、ドアを開ける。

「…………」

もちろんそこには、今まで見た中で一番怖い顔をしたタカアキが立っていたのだ。

もー、やだ。もー、最低、こいつら。

挙式の時間が迫ってるっていうのに、いっこうに姿を見せず、式場のスタッフが「お部屋を見に行って参ります」っていうのを、いやな予感でいっぱいだった俺が「いやっ、あのっ、俺が行くんで！」と慌てて止めて、モーニングのまま廊下を走って、ドアの前に立てば、やっぱりギシギシと音がしてたわけで……そしたら誰だってドア蹴るだろ？　俺と同じようにするよな？　だって、結婚式前だよ⁇

そこから数分して、やっと出てきたバカちんどもに、俺は生まれて初めて両手の中指を立て、憤《いきどお》りを示した。そしたら、原が真面目な顔で「うん、まあ、ファックしてたな」なんて言いやがるので、思わず腹パン入れたね。原はグゥ、みたいな声出して身体を丸め、櫛形は横でケラケラ笑ってた。てめーも同罪だっつーの。ほんと、俺って友達見る目ないのかなあ……。

そんなこんなで挙式は二十分遅れ、今、やっと俺はチャペルに立っている。

すぐ隣にはだいぶシワシワなモーニングの原が、さっきから乱れがちな前髪を気にしている。そりゃあ式前にあんなことしてりゃ、整髪料だって落ちるだろうさ。こいつ、常識人かと思っていたけど、ぜんぜん違ってたな。いや、櫛形絡みのときだけ規格外男になるのか？　それにしたって結婚式なんだぞ？　その直前に、あんな………ああ、もう、思い出すのやめよう。笑顔笑顔。……てめー、ちゃんと指輪持ってきただろうな？

パイプオルガンが壮麗に響き渡る。

扉が開き、入場してきたのは、花嫁の先導たるブライズメイド……つまり、櫛形だ。

通路を挟んで見守る招待客たちの、主に女性陣から吐息がこぼれる。そうだよねー、ピンクのモーニングコートを着こなす王子様なんて、めったにいないもんね……。でもみなさん、こいつ中身は相当なアレですよ。一筋縄じゃいかないですよ？　王子様なの、顔だけだから。

そして、いよいよ楓ちゃんとお父さんの入場だ。

……眩《まぶ》しい。

シンプルな、けれど彼女のスタイルのよさを最も引き立てるウェディングドレス。歩く姿は百《ゆ》合《り》の花、が誇張でもなんでもなく、ふさわしい。その美しさが眩しくて、俺はもともと細い目をさらに細めてしまう。

楓ちゃんが、にっこりと原に笑いかける。

いや、もしかしたらニヤリとか？　まだ事情の説明はしていないのだが、櫛形と原の乱れた礼装ですべてを悟ったのだろう。まったく、たいした花嫁だよ。

新郎新婦が、牧師に招かれる。

俺と楓ちゃんは、祭壇前に並び立った。

この期《ご》に及んで「あれ、あっちの人が花婿かいな?」なんて呟いているおばあちゃんがいて、俺はもう苦笑するしかない。そうだよ、花婿は俺だよ。同じような格好で、原のほうがカッコいいとしても、違うから！

……ほんと俺って影が薄いっつーか、脇役体質っつーか……。ま、かまわないさ。今さらだ。

それにどんなに俺が脇役体質だろうと、本日の主役は俺なのだ。あ、違う、俺と楓ちゃん……いやいや楓ちゃんと俺、むしろほぼ楓ちゃん……。

いいんだよ、俺は主役の伴侶なんだから！　こんな美人で、気が強くて、可愛くて、気が強い（二回目）お嫁さんをもらえるなんて、俺より幸せな男はいないぞ。俺のすることすべてに文句をつける親父ですら、初めて楓ちゃんを紹介したときは、気味悪くモジモジしてたくらいだ。

「それでは指輪の交換を」

牧師に言われ、俺の後ろから原が、楓ちゃんの後ろから櫛形が歩み出る。

原は俺に指輪を渡し、櫛形は楓ちゃんの手袋を預かる役割だ。

すると、一番前の席にいた、楓ちゃんの姪っ子・四歳が、櫛形を指差して「おうじさま？」と言った。みんなが微笑み、櫛形もその子に小さく手を振る。そのあと、子供は不思議そうに俺の顔を見た。だよねー、お姫様と指輪交換してるのが王子様じゃないから、不思議なんだよねー。

しかし幼子《おさなご》よ、知るがよい。人生ってのは、なかなか思い通りにはいかないのだ。童話の中ならば、王子様とお姫様の結婚式だけど、現実世界は違う。お姫様のお婿さんはこんなもんで、あの王子様のカレシはこっちのごっついにーちゃんだぞ？　……と、心の中でだけ説明し、俺はかしこまって、指輪を我が花嫁の指に嵌《は》める。

楓ちゃんが俺を見た。

嬉しそうに、ちょっと照れくさそうに微笑んでくれる。

ああ……。俺、死んでもいい。

嘘だ、まだだめだ。これから新婚旅行なんだから死ねない！

いやいやいや、ふたりでいい感じのじいちゃんばあちゃんになって、縁側で猫を撫でながら日向ぼっことか、そういうのも満喫したいから、頑張って長生きしなくては！

たぶん、そうなれるまでには、たくさんの波乱があるんだろう。

誤解したり、ケンカしたり、怒鳴り合ったり……でも最終的に仲直りできればいい。そ、今日のこいつらみたいにさ。

誓いのキス、結婚宣言と式は滞《とどこお》りなく進み、やがて祝福の鐘が鳴る。

フラワーシャワーを浴びながら、新郎新婦の退場だ。

ブライズメイドとアッシャーがペアになり、ふたりを先導する。通常は男女ペアなので、腕を組んだりするんだが、今回は両方男なので…………って、あんたたち、なに腕組んでんの？　こっちよりラブラブなオーラ振りまくのやめてくんないかな！　しかもゲストたちにすごいウケてるんですけど！　なんだ、この盛り上がりって……。ふたりの関係になんとなく気づいている人たちもいるし、ただのおふざけだと思ってる人たちもいるんだろう。

「あいつら目立ちすぎじゃないか？」

俺がそう囁くと、花嫁は香り立つように笑って言った。

ハッピーエンドは多いほどいいわ、と。

afterword

本作は二〇〇四年に刊行されたものをベースとした新装版であり、私の比較的初期のＢＬ作品です。このたび読み返して、当時からバレエが大好きだったんだなあと、つくづく感じました。バレエという、興味のない方にはとっつきにくいモチーフを使う上で、物語そのものは軽快でシンプルを意識した記憶があり、その雰囲気は変えない範囲の加筆修正を心がけました。また、若者達が協力しあってなにかに挑むという物語形式は、現在、榎田ユウリ名義で書いている『カブキブ！』シリーズ（角川文庫）に引き継がれています。自分はとうに失った青春時代を何度も自由に創造できるのが作家の特権であり、だからこそ私はこの仕事を愛してやみません。

さて、少年たちはスワンを目指したわけですが、私は作家としてなにを目指しているのだろう――そう考えるにつけ、やはり読者の皆様の心を動かしたい、というのが自身の目標であろうと思い至ります。涙するほどの大きな感動ではなくとも、心のどこかがキュンとしたり、ジワリときたり、ほのぼのしたり、ときめいたり。とくに最後の『ときめき』というのは、一般的に加齢とともに機会が失われていくようです。ならば物語の中に、ときめきを求めてもよいではありませんか。私の場合、書くにしろ読むにしろ、男女の恋愛物語には心が動かない仕様になっているため、今後もＢＬにときめきを求めていくことでしょう。ＢＬばんざい。

新装版にあたり、フレッシュなイラストを描いて下さった黒井つむじ先生、本作刊行にご尽力くださった皆様、そしてなにより、この作品にアクセスしてくださった読者様に心からの御礼を申し上げます。

愛を込めて　榎田尤利

「少年はスワンを目指す」をお買い上げいただきありがとうございます。

この本を読んでのご意見、ご感想など下記住所「編集部」宛までお寄せください。


リブレ公式サイトで、本書のアンケートを受け付けております。

サイトにアクセスし、TOPページの「アンケート」から該当アンケートを選択してください。

ご協力お待ちしております。

「リブレ公式サイト」 http://libre-inc.co.jp

初出　第一幕　口の悪い王子様 ……小説ビーボーイ(2003年4月号)掲載
　　　第二幕　少年はスワンを目指す ……小説ビーボーイ(2003年5月号)掲載
　　　幕間　委員長の夏休み ……小説ビーボーイ(2003年8月号)掲載
　　　第三幕　春を待つジゼル ……書き下ろし
　　　＊上記は『少年はスワンを目指す』からの再収録にあたり、
　　　　大幅改稿し、下記作品を追加収録しました。
　　　Happy ending? ……書き下ろし

少年はスワンを目指す

著者名　榎田尤利
©Yuuri Eda 2016

発行日　2016年8月20日　第1刷発行

発行者　太田歳子
発行所　株式会社リブレ
〒162-0825 東京都新宿区神楽坂6-46 ローベル神楽坂ビル
電話 03-3235-7405(営業)／03-3235-0317(編集)
FAX 03-3235-0342(営業)
印刷所　株式会社光邦
装丁・本文デザイン　ウチカワデザイン

Printed in Japan
ISBN 978-4-7997-3035-5